GENTOSHA
OUTLAW
BUNKO

劣情

草凪　優

劣情

目次

第一章　白い肌を穢すもの

1

最近、暇があれば寝てばかりいる。

目覚まし時計のベルが鳴って眼を覚ますと、午後五時だった。窓の外が暗くなりかけていたので、昼寝をしたという感じでもない。いまがいつだかよくわからない、曖昧《あいまい》な感覚が不快だ。寒いので布団から抜けだす気力がなかなか出てこなかった。なんとか抜けだして服を着けた。男性用タイツを穿《は》くのがまどろっこしい。リビングのテーブルには、ラップされた夕食のおかずが並んでいる。麻婆豆腐にほうれん草のおひたし。妻はすでに出勤したようだ。

津久井秋彦はダウンジャケットを着こんで家を出た。外は一面の銀世界だった。また積もっている。寝起きの雪かきはうんざりするが、さっさとクルマを出さなくては待ちあわせの時間に間に合わない。

シャベルで駐車場の雪をかくと、軽の4WDに乗りこんでエンジンをかけた。一発でかかってくれれば御の字だ。かかっても、しばらくは車内の空気が凍てついている。雪国に引っ越してきて二度目の冬になるが、雪の扱いや寒さにまるで慣れない。小さなストレスが日々澱《おり》のように溜まっていく。

路面の凍結に注意しながら、駅までクルマを走らせた。知りあいから無償で譲り受けたものだが、よく走る。車検があと二カ月で切れることと、ボディカラーがジジくさいブラウンなのが玉に瑕《きず》だが……。

待ちあわせているのは、姪っ子の早苗だった。

駅に着くと、ロータリーにクルマを停めて待った。列車がホームにすべりこんでくるのが見える。しばらくすると、紺色のコートに白いマフラーをした早苗が、階段をおりてきた。津久井のクルマを発見し、小走りに駆けてくる。いつの間にか降りだした雪が、長い黒髪を白く飾る。

「寒い、寒い……」

早苗は助手席に乗りこむと、手袋をしていない手をこすりあわせ、ヒーターにかざした。女らしい、白く綺麗《きれい》な手をしている。

津久井はクルマを発進させた。早苗は、妻の姉の娘だった。年は二十歳。先月、成人式で艶やかな振り袖を着ていた。妻にはあまり似ていない。妻は意志の強そうな顔なのに、早苗はどこかぼんやりしている。目鼻立ちが整っていないわけではなく、少女の面影をまだ残しているせいだろう。田圃《たんぼ》しかない田舎で生まれ育った娘だった。都会の二十歳と比べると、ずいぶん幼く見える。真っ黒い髪と清潔な白い肌が、津久井の眼にはまぶしかった。

「今日、芽衣子さんは？」

早苗が訊ねてくる。芽衣子というのは津久井の妻で、早苗にとっては叔母にあたる。近所の総合病院で看護師として働いている。

「今夜は準夜勤」

午後四時から深夜零時までのシフトだった。

早苗は黙っている。訊ねるまでもなく、彼女は妻のシフトを知っていた。知っているから、夕方五時半に迎えにきてと言ったのだ。

「腹へってるかい？」

「ううん」

「そうか」

津久井はそれ以上なにも訊ねず、運転に集中した。雪の夜道は怖かった。タイヤをスリップさせてヒヤッとしたことが、何度もある。いまだけは事故るわけにはいかない。早苗を乗せているいまだけは……。

国道を曲がり、田圃の中の道を進んだ。時折、信号もないところで停まり、あたりの様子をうかがう。間違っても、誰かに見られたくない。いかにもチキンハートの持ち主のようで恥ずかしいけれど、早苗も理解してくれているのだろう、軽口を叩くことはない。

ラブホテルの門をくぐった。

夏には道沿いに長々と続く白い壁がひどく目立つところだが、一面が雪景色のいまはそうではない。だだっ広い敷地に平屋建ての個室が並んでいるのは、東京にはないスタイルで田舎ならではだった。クルマを停め、そのうちのひとつに入った。暖房がよく利いた、シンプルな部屋が迎えてくれる。

津久井はソファに腰をおろしてひと息ついた。

早苗はマフラーをはずしてコートを脱ぎ、ハンガーにかける。胸のふくらみが目立つ白いセーターと、膝下まである焦げ茶色のスカート。野暮ったい。最初はその垢抜《あかぬ》けない感じが新鮮に見えたものだが、もう少しどうにかならないものか。元は悪くないのだから、メイクや装いに気を遣えば自分でも驚くほど綺麗になるだろうに……。

「わたし、先にバスルーム使っていいですか？」

早苗が訊ねてくる。

「ああ」

津久井はうなずいた。

「寒かったから、湯船にお湯張ってしっかり浸かれよ」

「そうします」

早苗が笑う。ほとんどスッピンのせいだろうか、彼女の笑顔はどことなく儚《はかな》げで、薄幸そうな感じがする。

早苗がお湯を溜めにいくと、津久井は冷蔵庫から缶ビールを出して飲んだ。外は寒かったが、室内は暖かいし、空気が乾いているのでビールがうまい。喉の渇きが潤《うるお》され、五臓六腑にアルコールがしみる。頭の芯が熱くなっていく。飾り気のない室内の景色を、ぼんやりと眺める。セックスをするための密室のはずなのに、ずいぶんとぶっきらぼうな空間だ。

それにしても……。

自分はいったいなにをやっているのだろうか。

妻が働いている隙に、姪っ子とラブホテルに入るなんて、正気の沙汰ではない。そんなことはわかっている。わかっているのにやめられないから、正気の沙汰ではないのだ。

こんなことをしていては、待っているのは破滅だけだ。

自分はともかく、妻をしたたかに傷つけることになる。あるいは早苗の両親、祖父母、そしてもちろん、早苗自身も……。

「あっ！」

バスルームから戻ってきた早苗が、眼を丸くする。

「ハンドルキーパーなのに、お酒飲んじゃダメじゃないですか」

「大丈夫さ、一本くらい」

津久井は苦笑した。

「どうせこれから、たっぷり汗をかく。汗をかけば酒も抜ける。そうだろう？」

早苗の頬《ほお》が赤く染まった。

津久井はまぶしげに眼を細め、手招きした。近づいてきた早苗の頬を、手のひらで包んだ。燃えるように熱かった。

息のかかる距離で、視線をからみあわせた。早苗の瞳は、早くも潤《うる》みはじめている。甘えるような、羞《は》じらうような、感情の揺らぎが初々しい。

唇を重ねた。

早苗の唇はサクランボに似て、ふっくらと弾力がある。その感触が、津久井を狂わせる。舌を差しだし、充分に味わってから口を開かせた。早苗も舌を差しだしてくる。会話をするように、からめあった。他のことはともかく、早苗はキスのやり方を習得するのが早かった。キスが好きなのだ。

ということは、いまのところ発展途上の体のほうも、いずれは大輪に開花する。糸を引くようなディープキスを交わしながら、津久井はそう思った。ある意味、確信に近かった。この娘はいつか淫乱になって、男の精を吸いつくすようになる……。

2

津久井は今年、四十になった。

ついに四十になってしまった、という感じがする。

北東北の田舎町に引っ越してきたのは、二年前だ。それまでは東京にいた。生まれも育ちも新宿区の、生粋の都会っ子だ。大学も都内なら、仕事をしていたのもそうであり、実家を出てひとり暮らしをしていたのも、所帯をもったのも、高層ビルが見えるマンションだった。

映画監督をしていた。

子供のころからの夢だった。大学を卒業すると、フリーランスの助監督としてさまざまな現場につき、三十歳のときに初めてメガホンをとった。極端に制作費が安い、落ち目の女優の濡れ場だけが売りの小品だったが、開き直って過激なエロ描写を盛りこんだところ、地方の映画祭でグランプリを受賞したのをきっかけに話題を呼び、単館系で異例のロングランを記録した。

おかげで二本目は制作費も増え、エロに加えて暴力描写もてんこ盛りにした。登場人物が全員死んでしまう、救いの欠片《かけら》もない殺戮《さつりく》映画だった。まともな大人には例外なく眉《まゆ》をひそめられたが、それを狙っていた。メディアに批判されればされるほど映画館に人は集まり、DVDは売れまくった。

しかし、そこまでだった。

自分でもそれなりに順調に映画監督としてのキャリアをスタートさせたつもりになっていたが、映画界に吹き荒れる不況の嵐はシリアスになっていくばかりで、津久井がつくるようなカルト映画に金を出す酔狂なスポンサーはいなくなった。映画館にかかるのは毒にも薬にもならないようなふやけたラブストーリーや人情話、あるいはアニメばかりになり、津久井に仕事はなくなった。

もちろん、じっくりとシナリオを練りあげ、地道にスポンサーをまわって金を集め、数年がかりで骨太な作品を完成させる同業者もいたが、そんなものは例外中の例外だ。基本的に金がないところには人が集まらず、自分ひとりではワンカットも撮影できないのが、劇映画というものなのである。

せめて……。

エロや暴力に頼らない、まともな大人にも感心してもらえる作品を、三本目として撮っていればよかった。そうすればスポンサーの対応もまったく違ったものになっただろうし、実際、津久井にはそういうモチーフもあったのだ。しかし、一度押されてしまった烙印《らくいん》はなかなか払拭《ふっしょく》することができず、二年、三年と粘って企画を練っていたものの、そのうちやる気がなくなった。白けてしまったのだ。スポンサーの顔色ばかりうかがって物語を変え、描写をソフトにすることばかりに腐心しているなら、ＣＭディレクターと同じではないかと思った。

自由がない。

そもそも津久井が映画監督を目指したのは、現実を凌駕《りょうが》するような虚構を自由につくりたいからであって、現実に虚構が規制されるのでは意味がなかった。津久井が若いころから、映画はすでに斜陽産業中の斜陽産業だったので、金儲けがしたくて業界に入ったわけではないのである。

とはいえ、学生時代から授業をサボって映画を観まくり、社会に出てから会社勤めをしたこともない津久井だった。有《あ》り体《てい》に言って、潰しがきかない。まったく新しい別の人生に踏みだそうとしても、なにをやっていいか皆目見当がつかなかった。

「わたしの実家の近くに引っ越さない?」

妻の芽衣子からそんな話を切りだされたのは、ろくに仕事もしないまま酒ばかりかっ食らい、いよいよ自分名義の貯金が底を尽きそうになっていた三十八歳のときである。

「向こうの病院で、看護師を募集してるの。けっこう条件がよくてね。それに、東京にいるより、生活費がずいぶん抑えられるじゃない? 物価も安いし、実家からお米とか野菜とか貰《もら》えるし。そこそこの一軒家でも、五万円もあれば借りられると思うし」

「そっちの実家って、東北の山奥だろう?」

「失礼ね。山奥じゃなくて平地よ。まあ、まわりは田圃ばっかりで、裏の池には白鳥が来ますけど」

白鳥は、水のきれいなところにしかやってこない。つまり、それだけ田舎だということだ。

二十四歳で結婚したとき、一度、近くまで行ったことがある。フリーの助監督だった当時はかなり貧乏だったので、式もあげられなかったのだが、さすがに両親への挨拶はしなければならず、温泉旅館に一泊して食事会を催した。駅からマイクロバスに乗りこみ、どこを見渡しても田圃しかない景色の中を延々と走った記憶は強烈だった。こういうところで生まれ育ち、都会暮らしに適応している妻が、ひどく不思議に思えたものだ。

「当時のあなたは、夢や希望がいろいろあったから、田舎暮らしなんて考えられなかったと思うけど……」

　やけに神妙な顔つきで、芽衣子は言った。

「いまはもう、そういう感じでもないでしょ？　はっきり言って、いまのあなたを見ているとつらいのよ。そろそろ潮時じゃない？　東京にいたら、いつまでも踏ん切りがつかないでしょうから、このへんで田舎に引っこんで第二の人生について真面目に考えてみたら？」

「第二の人生って……田舎に引っこんで仕事なんかあるのかよ？」

「こっちにいたって仕事がないんだから同じでしょ」

　ぴしゃりと言われてしまい、津久井は言葉を返せなくなった。

「しばらくはね、なにもしないでいいわよ。田舎暮らしに慣れるために、ぶらぶらしてればいい。わたしが働くから、食べていくのは問題ないと思う。いまはネットとかあるし、田舎にいたっていろんな仕事ができる可能性があると思うけど……」

　芽衣子の言葉には説得力があった。生活費なら自分が稼ぐという覚悟にも頭がさがった。幸いというべきか、ふたりの間には子供がいなかったから、たしかになんとかなりそうだった。

　とはいえ、にわかには受けいれ難い話だった。芽衣子が白鳥が来る池の畔《ほとり》で育ったように、津久井は都会の喧噪《けんそう》の真っ只中で育ったのだ。田舎には盛り場がない。毒々しいネオン、欲望にまみれた男と女、世界中から集められた料理と酒、朝まで酩酊《めいてい》できる店、そういった都会ならではの猥雑《わいざつ》なものから切り離されることに、本能的な恐怖を感じた。盛り場にはポン引きがいて、暴力の匂いだって絶えないけれど、田舎にだって藪の中には蛇がいる。

津久井は自分のことを、骨の髄まで都会っ子だと思っていた。そういう人間が田舎暮らしに適応できるわけがないと確信していたが、芽衣子も譲るつもりはないようだった。

「わたしだって東京に馴染《なじ》めたんだから、あなただって田舎に馴染めるはずよ。少なくとも、絶対に無理ってことはないはず」

だいたい、東京に住みつづけていたくても、東京は津久井に仕事を与えてくれないのだ。この現実はこたえた。もちろん、選り好みしなければ仕事はあるだろう。しかし、東京で映画とまったく関係ない仕事をするくらいなら、田舎に引っこんでも同じような気がしてきた。田舎でタクシーの運転手でもしていたほうがまだマシだと……。

結局、津久井は芽衣子の説得に応じる形で、東北への転居を決めた。

二年前の春のことである。

3

津久井としては渋々受けいれた格好の田舎暮らしは、けれども予想以上に快適なものだった。

住居は平屋の一軒家を格安で借りることができたし、スーパーマーケットに並んでいる食材は、東京とは比べものにならないほど新鮮で、安かった。

引っ越した時期が春だったのも、都会からの移住には適していたのだろう。冬の厳しさを知らないまま、すがすがしい空気を満喫できた。近所を散歩しているだけで、人生をリセットできた気分になれた。

まだ三十八歳、先は長いのだ。たったひとつ夢が潰《つい》えたくらいで落ちこんでいるより、前向きに生きたほうがいい。そんなふうに考えをあらため、気を張っていないで肩の力を抜くことにした。芽衣子の両親や親戚縁者にも、愛想よく対応することを心がけた。

都会であろうが田舎であろうが、まともに働かない男は忌み嫌われるものだ。それでも津久井が白眼視されず、なんとかコミュニティに溶けこむことができたのは、芽衣子のおかげだった。「あの人、映画以外になにもできない人だから、しばらく大目に見てあげて」。そんな根まわしを、両親や親戚縁者にしてくれたのである。

夏が早足で駆け抜けていき、秋の気配が近づいてきたある日のことだ。

「秋彦さん、昼間に時間があるならうちのお店手伝ってくれない？」

芽衣子の姉である瑶子が、そんなことを言ってきた。

瑶子の嫁ぎ先は食堂を経営しており、当時は義父母にかわって、ほぼひとりで切り盛りしていた。本腰を入れて仕事を探すにはまだ早く、かといって毎日家にいるのもいい加減飽きてきたので、平日の午前十一時から午後二時半まで手伝うことになった。弁当づくりの手伝いと、食器をさげて洗い物をするのが津久井の仕事だった。昼食つきで日当二千円。日払いでくれた。子供の小遣いのようなものだが、文句はなかった。二千円あれば、安い焼酎が二本買える。

姪っ子の早苗は食堂の二階に住んでいたので、自然と顔を合わせるようになった。人見知りをするタイプらしく、最初のころは挨拶をしても笑顔が返ってきたことはない。まともに会話をするようになったのは、短大に通っている彼女を、駅まで迎えにいくようになってからだ。

週に一度か二度、瑶子が忙しいときに頼まれた。こちらは日当など出なかったが、当時は自分のクルマをもっていなかったので、津久井には楽しい仕事だった。雪さえ降っていなければ、田圃の中の一本道を走るのは気分がいい。

運転席と助手席に並んで座っていると、ポツポツ会話するようになった。早苗は人見知りするタイプだったが、好奇心は旺盛のようだった。慣れてくると、質問攻めにされた。

「秋彦さんって、東京で映画の仕事をしてたんですよね？」

「まあね」

「なんて映画？」

「言ってもわからないよ。超マニアックな映画だから」

それも事実だったが、エロだの暴力だのの話題は避けたかった。

「そんなあ、教えてくれたっていいじゃないですか」

「助監督時代には、そこそこ有名な映画についたこともあるよ」

一緒に仕事をしたことがある役者の名前を並べると、早苗は眼を丸くして感嘆した。

「すごい。ザ・芸能界って感じですね」

「それほどでもないよ。現場で一緒だっただけで、飲んだことがあるわけでもないしね」

「東京ってやっぱりすごいですか？」

「興味あるの？」

「あります！　毎年一回は友達と遊びにいってます。本当は東京の大学に進みたかったんです。でも両親に反対されて……」

早苗はひとり娘だった。手元に置いておきたい両親の気持ちはよくわかる。津久井が相談されても反対しただろう。遊びにいくことさえ、いい顔はしなかったはずだ。早苗のようなタイプは、東京ではしくじりやすい。そこそこ可愛く、警戒心が薄く、好奇心が強い。都会の闇で手ぐすねを引いている悪い連中には、飛んで火に入る夏の虫である。

知りあって一年が経ったころのことだ。

早苗は大学で演劇サークルに所属しており、彼女がヒロインのお姫さまを演じるというので、芽衣子や瑶子と連れだって観にいったことがある。シェイクスピアに材をとったドタバタコメディだったが、素人に喜劇は難しい。間とタイミングが悪すぎて、観ていられなかった。唯一感心したのは、早苗が意外なほど化粧映えする顔をしており、ドレスもよく似合っていたことくらいだ。

とはいえ、そんな辛口の感想を言ってもしようがない。

「台詞《せりふ》が多くて大変だったろう。頑張ったじゃないか」

楽屋から出てきた早苗を、津久井はそう言ってねぎらった。早苗は照れくさそうに笑っていた。津久井の眼には素人の遊びに見えても、本人は何カ月も前から準備していたのだ。無事公演を終えることができて、満足げだった。それでいいと、津久井も思った。

その日のうちに、早苗からメールがきた。

――もっと詳しいお芝居の感想を聞かせてほしいです。わたしもう二十歳になったので、お酒飲めます。ご馳走してもらえませんか？

どう返事をしていいか、考えこんでしまった。早苗はおそらく、賞賛の言葉を求めている。

津久井には言えそうもなかった。自分たちがあの舞台にどれほどの情熱をこめて取り組んでいたのかを、話したいのかもしれない。その話題にもあまり興味がもてない。

それでも快諾するレスをしたのは、外で酒を飲みたい気分だったからだ。津久井が住んでいるところには、駅前でも寂れた居酒屋しかない。飲みにいくなら、早苗が通っている大学付近の町まで出るしかないのだが、津久井はまだ行ったことがなかった。

数日後、電車に乗って街に出た。東北新幹線も停まる駅なので、駅前はそれなりに賑やかだった。洒落《しゃれ》た外観のイタリアンバルに入り、ワインで乾杯した。料理が異様にうまかった。東京の水準と比べてという意味ではない。こちらに引っ越してきてから一年半、普段食べているのは芽衣子の手料理か、食堂のまかないだし、外食に行くにしても、安い焼肉か中華くらいだから、フォアグラやトリュフを口に運んだだけで感激してしまったのである。

ところが早苗は、自分から誘ってきたくせに、食欲もあまりなく、口数も少なかった。どうかしたのかと訊ねると、

「わたし、やっぱりどうしても東京に行きたい」

切羽つまった表情で、そんなことを言われてしまった。

「どうしたんだよ、急に」

津久井は苦笑した。

「急にじゃないんです。前にも言ったと思いますけど、わたし、大学に進学するときも、東京に行きたかったのに、両親に反対されて……」

「東京に行って演劇をやりたいのかい？」

「そういうわけじゃ……」

早苗は眼を泳がせた。

「もちろん、いいご縁があれば挑戦してみたいとは思ってますけど、どうしても演劇ってわけじゃなくて……自分の可能性をもっと探ってみたくなったっていうか……」

要するにまだまだ遊んでいたいのだ、と津久井は思った。自分の可能性を探りたい、見識を広めたい、別の世界をのぞいてみたい、言い方はさまざまでも、若者の気持ちはそれに尽きる。まだ二十歳だし、落ち着きたくないのだ。田舎にいれば、短大を卒業してしばらく働いたのち、結婚して出産というお決まりのコースを生きるしかない。

個人的には、悪いことではないと思った。最近では、十九、二十歳の連中でも、マイルドヤンキーなどといって地元から出たがらない者が多い。それに比べれば、前向きな生き方だと思うのだが……。

「お父さんやお母さんは、やっぱり反対するんじゃないかね」

「だから、秋彦さんに相談してるんじゃないですか」

「うーん……」

すがるような眼を向けられ、津久井は唸《うな》った。

「具体的なアイデアはあるのかい？　四大に編入するとか、専門学校に行きたいとか、あるいは就職先とかさ」

「いえ……」

早苗はうつむいた。津久井はますます唸った。もう十月も半ばだった。来春に上京するつもりなら、準備期間は半年もない。進学するにせよ就職するにせよ、ハードルはとても高そうだ。

「ぼんやりしたまま、東京に行けばなんとかなると思ってるなら……俺も賛成はできないな」

いちおう、大人の見識を示した。

「だけど、しっかりした目標があるなら、相談に乗ってあげられると思うよ。いや、もしかしたら俺よりも芽衣子のほうが適役かもしれないな」

「それは……」

早苗はあわてて首を横に振った。

「芽衣子さんには絶対内緒にしてください」

「どうして？　彼女は東京にとっても馴染んでたぜ。こんな……って言ったら失礼だけど、俺から見たらすごい田舎出身なのに、地下鉄の乗り継ぎなんて俺より詳しいくらいだ」

「でも、芽衣子さんはお母さんの味方だから……」

「そう？」

コクン、と早苗はうなずいた。

「ふたりでいるときはわたしの意見に賛成してても、お母さんの前になると、コロッと変わるところがあって……」

「なるほど……」

芽衣子は瑶子の五歳年下だ。仲のいい姉妹に見えるが、子供のころの力関係は推して知るべしで、それが大人になってから残っていてもおかしくない。

「わかった。じゃあ、芽衣子には内緒にする」

早苗は嬉しそうに破顔した。

「そのかわり、きちんとした計画を立ててるんだよ」

諭すように言うと、満面の笑みを浮かべながら何度もうなずいた。

4

それ以来、ふたりで頻繁に会うようになった。

「秋彦さん、またご指名ですよ。どうしてもあなたがいいんですって」

食堂の仕事が終わるころ、瑶子がクスクス笑いながら言ってきた。早苗が母に、津久井を迎えにこさせるように懇願することが増えたのだ。

「早苗が懐《なつ》いてくれて助かるわあ。でも、迷惑じゃない？」

「いえ、大丈夫ですよ」

津久井も笑顔で答えた。

「こっちに来たら、急にクルマの運転が楽しくなりました」

「なんだったら、毎日迎えにいってくれることにしてくれない？　そのかわり、秋彦さん用のクルマを探してあげるから」

瑶子の気遣いだった。田舎でクルマはひとり一台の必需品だが、津久井は食堂まで歩いて通っている。家のクルマは芽衣子が通勤に使っているので、基本的に津久井は使えないのだ。そんな境遇を不憫《ふびん》に思ったらしく、知りあい中に声をかけ、不要になった軽の４ＷＤを譲り受けてきてくれた。

駅まで早苗を迎えにいくのが日課になった。

彼女の頭の中は東京のことに占領されていて、毎日夢を語っていた。しかし、目標はまったく定まっていないようで、服飾系の専門学校に行きたいと言っていたかと思えば、翌日はパティシエの修業がしたいと言いだす有様で、客室乗務員、雑誌記者、インテリアコーディネーター、ネイリストなど、まったく脈略のない文字通りの夢想ばかりをつらつらと並べるのだった。

「ダメですね、こんなことじゃ……」

自分でも言っていた。

「考えれば考えるほど、なにがしたいのかわかんなくなっていく……」

「まあ、じっくりと考えてみればいいさ……」

自分の言葉の嘘くささに、津久井は鼻白んだ。彼女が男なら、考えていないで飛びこんでみればいいとアドバイスしただろう。なんでも試してみて、トライ&エラーを繰り返しながら、自分に適した道を探せばいい。失敗を恐れることはないし、どんな仕事でも下積みは必要なのだ。

しかし、早苗には言えなかった。女だからということもあるし、田舎の温室育ちということもあるが、それ以上に、彼女の場合、たった一度の失敗が回復不可能な致命傷になりそうで不安だったのだ。

普段はクルマを走らせながら話していたのだが、時折、帰路の途中にある川べりの道でクルマをおりた。春になれば並木に桜が咲き乱れる、地元で有名な遊歩道がある。その日は散歩はせず、自動販売機で缶コーヒーを買ってベンチに腰をおろした。

「やっぱり、演劇をやってみるべきなのかなあ……」

早苗がポツリと言った。

「役者じゃなくても、舞台美術の専門学校とか……」

津久井は言葉を返さなかった。すでにひと月以上堂々巡りに付き合っていたので、フォローするのも面倒になっていた。

「わたしが演劇部に入ったのって、高校時代の先輩の影響なんですよ。二個上の男の先輩。自分で台本書いて演出して主演までしちゃう人で、その人に憧れて演劇を始めたんです……その人、いまなにしてると思います？」

「さあ……」

「東京に行きました」

早苗は遠い眼で言った。

「高校卒業してから一年くらいはこっちで活動してたんですけど、やっぱり東京に出ていかないと埒《らち》が明かないと思ったみたいで……」

「好きだったんだ？」

カマをかけてみたのだが、図星だったらしい。早苗の頬が赤くなった。

「そうですね……」

噛みしめるようにうなずいた。

「初めて……お付き合いした男の人でした……」

ドキッとした。早苗の横顔に、にわかに女が匂ったからである。そういうタイプには見えなかった。奥手だとばかり思っていたのに、しっかり彼氏がいたことがあるらしい。

「いまでも好きなのかい？」

「それは……どうでしょう……」

自嘲気味に笑った。

「わたしになんの相談もなく、黙って東京に行ってしまったし……」

「ひどいね」

「はい」

早苗がこちらを向く。儚げな眼つきをしているくせに、唇だけがやけに赤々と輝いて見える。

「追いかけていきたいのかい？」

早苗は首を横に振った。眉根を寄せた表情がせつなすぎて、津久井の胸は締めつけられた。

どういうわけか、心臓が早鐘を打ちはじめた。ここは東北だった。十一月の風は冷たい。なのに体が熱くなっていく。缶コーヒーはとっくに飲んでしまっているのに、腰をあげる気になれない。

「東京に……」

津久井の声はかすれていた。

「なにも闇雲に、都会に出ていくことはないんじゃないか……こっちにいたって、楽しく生きていくことはできるだろう？」

「無責任なこと言わないでください」

早苗はますます眉根を寄せ、唇を尖らせた。まるでサクランボのようだった。

「こんな田舎にいて、楽しいことがあるなら教えてほしい……」

衝動が、津久井の体を突き動かした。唇に唇を重ねた。ほんの一瞬、触れあっただけのキスだった。しかし、それでもキスはキスだ。ふたりの間に流れている空気を劇的に変化させた。

早苗は眼を丸くしたまま放心状態に陥っている。

津久井はポーカーフェイスを装っていたが、胸の中はざわめいていた。軽いジョークというか、悪戯のつもりだったが、それが通じる相手ではなかった。おまけに姪っ子だった。血の繋《つな》がりはなくても親戚なのである。

「初めてのキスなんですけど……」

早苗はうつむいて言った。

津久井は天を仰ぎたくなった。

「彼氏がいたんじゃなかったのか？」

「そういうことには、興味がない人でしたから……」

キミに興味がなかったんじゃないか、と思ったが言えなかった。もし本当に、キスさえしていないなら、あまつさえ黙って東京に行ってしまったのなら、付き合っていたとは言えない。

純朴な田舎の高校生は、メールのやりとりだけで付き合っている気になるのかもしれないが、それは男女交際ではない。

津久井は苛立《いらだ》っていた。

早苗の暢気《のんき》な勘違いに対してではなく、みずからの愚かな振る舞いについて、憤っていた。ファーストキスとは知らなかった。知らなかったですむ問題ではないが、知っていれば決してしなかっただろう。キスも初めてということは、セックスも経験がないのだろうか。二十歳にもなってヴァージンなのか。いったいなにを考えているのか。苛立ちと憤りが激しすぎて、頭の中が混乱していく。息が苦しい。パニックに陥りそうだ。

「あのう……」

早苗が上目遣いで顔をのぞきこんでくる。

「どうせなら、もっときちんとしてもらえませんか？」

津久井は眼をそらして苦笑した。その唇に、唇が重ねられる。今度は早苗からしてきたのだ。

驚いた。放心状態に陥っているのが、津久井のイメージする早苗の正しいリアクションだった。奥手で、優柔不断で、冗談が通じない……そういう女の子だとばかり思っていた。それだけではなかったのだ。もっと野蛮で不埒で奔放さに憧れているところも、隠しもっていたのである。

早苗を見た。挑むように見つめ返してきた。唇を尖らせているのは、もっとしてという挑発だろうか。津久井の唇には、ふっくらして弾力のある彼女の唇の感触がまだまだ生々しく残っていた。触れあわせるだけではなく、吸ってみたかった。さらにその先も……。

「……行こう」

立ちあがって、クルマのほうに歩きだした。早苗がどんな顔をしているか、振り返って確認する勇気がないまま、運転席に乗りこんだ。自宅に送り届けるまで、一度もまともに眼を見ることができなかった。

5

一度は踏みとどまった。

しかし、津久井も健全な大人の男だった。女に対する欲望はある。

芽衣子とは結婚して十六年、いまやすっかりセックスレスだから、相当溜まっていることも間違いない。東京にいたときは風俗だの後腐れないワンナイトスタンドだの、欲望を吐きだす機会がそれなりにあったけれど、こちらに来てからは皆無だった。

そしてそれは、ただ単純にセックスに対する欲望ではなかった。

早苗はキスも初めてだと言っていた。ということは、セックスの経験などあるわけがない。つまり処女だ。ヴァージンなのである。

女の処女性を、津久井は認めていなかった。童貞と同様、さっさと捨てて自由になればそれでよく、自分が初めての男になりたいなどという男には気持ち悪さしか感じなかった。

それゆえか、ヴァージンの女と寝たこともない。それを気にしたこともなければ、寝るチャンスをうかがっていたこともない。

なのに……。

早苗に対して、いままで通りに接することができなくなった。彼女が処女を喪失するイメージが、日に何度も脳裏をかすめていった。相手の男の顔は見えなかった。それが自分であることに気づき、愕然とした。

早苗を抱きたいなどと、思っていないはずだった。思っていれば、キスをした流れで抱いてしまえばよかった。津久井は踏みとどまった。タブーの意識も働いたし、早苗を傷つけたくもなかった。処女膜を傷つけたくないという意味ではない。最初にセックスした相手が叔父となれば、彼女はその心に一生消えないダメージを負う。

わかっていたはずだった。

なのに欲望をこらえきれなくなってしまった。

キスをして以来、早苗はそれまでのように、自由気ままな夢想を口にしなくなった。東京に行くということすら話題にしなくなり、迎えのクルマの中でじっと押し黙っているようになった。

津久井もなにを言っていいかわからず、けれどもなにか言わなければならないという焦燥感に駆られていた。

空気が重かった。

沈黙に押しつぶされてしまいそうだった。

ある日、いつもの道が事故によって通行禁止になっていた。まわり道をしなければならなくなったのが、運命を決めた。道沿いにラブホテルの看板が見えた。反射的にハンドルを切ってしまった。クルマを停めても、早苗を見る勇気がなかった。黙ってクルマをおりた。早苗もついてきた。

ついてこないでくれ、と心の中で悲痛な叫び声をあげた。その何十倍も、歓喜がわきおこってきた。部屋に入る前から、全身が燃えるように熱かった。扉を閉めるなり、早苗を抱きしめた。唇を重ねた。ふっくらと弾力のある感触に陶然としながら、舌先で口をこじ開けた。早苗の舌は小さくてつるつるし、唇よりもなお男心を奮い立たせた。夢中で吸った。唾液が甘かった。早苗は白い顔をピンク色に染めていた。とくに眼の下がねっとりと紅潮していた。雪景色にピンクの照明をあてたようにエロティックだった。

早苗はその日、焦げ茶色の綿入りのジャケットを着ていた。下は、黒いセーターと黒いズボンだった。およそ短大生らしくなく、セクシーさとも程遠い格好だったが、脱がせてみると眼を見張らずにはいられなかった。

雪色に輝く素肌を、白地に花柄の下着で飾っていた。意外なほど肉づきがよかった。バストやヒップはもちろんだが、いちばん眼を惹いたのは太腿《ふともも》だ。津久井もブリーフ一枚になり、ベッドに横たわった。抱きしめあった。お互いに息がはずみだしていた。それをぶつけあいながら、執拗に舌をからめあった。

花柄のブラジャー越しに、胸のふくらみを揉みしだいた。大きさや丸みも驚くほどだったが、弾力がすごかった。すぐにブラ越しでは満足できなくなり、背中のホックをはずした。たわわに実った肉の果実が、カップからこぼれでた。先端の乳首はピンクだった。それもごく淡い桜色で、ともすれば地肌に溶けこんでしまいそうなほど透明感がある。

津久井は馬乗りになり、両手で双乳をすくいあげた。やわやわと揉みしだきながら、視線を熱くした。垂涎《すいぜん》の光景だった。豊満な乳房と淡いピンク色の乳首、抜けるように白い肌、眼の下を紅潮させて羞じらっている二十歳は、まがうことなき処女だと思った。

清潔だった。

初々しくもある。

処女を抱きたがる男の欲望を、津久井はいま初めて理解した気になった。なるほど興奮する。いま手のひらが密着している乳房は、他の男にまだ一度も触れられたことがないのだ。乳首もそうだ。唇を押しつけていくと、

「んんんっ！」

早苗が鼻奥でうめいた。眉根を寄せて、きつく眼を閉じている。津久井は見つめあいながらするセックスが好きだったが、いまはまだ許してやることにした。早苗にとっては、すべ

てが初めての体験なのだ。乳首を吸われ、舐めまわされる刺激が、得も言われぬ快感になっていく過程を、じっくりと噛みしめていればいい。

「んんんっ……んんんんーっ！」

小鼻を赤くしてうめき泣く表情をむさぼり眺めながら、津久井はねちっこく乳首を愛撫した。尖らせた舌先でくすぐるように刺激しては、口に含んで吸いたてる。色合いは清らかでも敏感なようで、むくむくと尖ってきた。いやらしい形だった。いまは清潔で初々しいこの体にも、女の本能がたしかに宿っているのだ。

馬乗りになったまま、後退《あとずさ》った。

早苗は肉づきのいい太腿を、必死になってこすりあわせていた。そのつけ根では、花柄のショーツが股間にぴっちりと食いこんでいる。こんもりと盛りあがった土手の高さが卑猥だった。思わず頬ずりしたくなる。だがまずは、脱がせてしまったほうがいい。彼女は初めてなのだ。早々に後戻りできないところまでいかなくては、いつ気が変わってしまうかわからない。

「……いやっ！」

ショーツをずりおろすと、さすがに声をあげた。津久井の手を押さえてこようとしたが、無駄な抵抗だった。軽くいなして、草むらを露わにした。黒かった。手入れなどなにもしていないのだろうが、それにしても見事な生えっぷりだ。逆三角形にふっさりと茂った恥毛が、まるで毛皮のバタフライでも着けているように処女の陰部を隠している。

「いやあああっ……」

津久井はショーツを爪先から抜くと、両脚をM字に割りひろげた。早苗が泣きそうな顔で羞じらっているが、かまっていられなかった。草むらは性器のまわりにもびっしりと生えて、アーモンドピンクの花びらが少ししか見えなかった。それでも、毛先が光っているところがあった。

濡れているのだ。セックスを知らない彼女でも、興奮し、発情していることは間違いなさそうだった。

「全部まかせてくれ……」

いまにも泣きだしそうな顔をしている早苗に、ささやいた。

「抵抗しないで、全部受け入れてくれ……」

「ううう……」

早苗は眼を泳がせてから、うなずいた。彼女にしてもわかっているのだ。それでも反射的に抵抗してしまう。生まれて初めて両脚の間をのぞきこまれている羞恥《しゅうち》に、身を焦がされている。

津久井は顔を近づけていった。黒い草むらに隠された部分から、熱気が漂ってきた。湿っぽさと獣じみた匂いを孕《はら》んだ、妖しい熱気だ。それに誘われるように、唇を押しつけると、

「あああああーっ！」

早苗はのけぞって悲鳴をあげた。喜悦に歪んでいない、百パーセント羞恥による悲鳴だった。津久井はかまわず舌を差しだし、舐めはじめた。花びらと花びらの合わせ目を、舌先で丁寧になぞりあげた。

「あああっ……あああああっ……あっ……あっ……」

早苗は悲鳴をあげつづけたが、その声色は次第に変わっていった。羞恥の中に、驚きや戸惑いを感じとれた。快楽にあえぐ声には程遠かったが、致し方あるまい。彼女は処女なのだ。いま津久井の舌が這《は》っているのは、誰の足跡もついていない、まっさらな雪原なのである。

それでも……悲鳴に色気はまるでなくても、早苗は感じていた。舌を這わせるほどに、花びらの合わせ目から熱い粘液があふれてきた。最初は遠慮がちだったが、ある地点を越えるとダムが決壊したように大洪水になった。舌を素早く動かせば、ピチャピチャと音がたった。

処女なのにこんなに濡らして……。

津久井はいても立ってもいられなくなってしまった。もう少しベッドマナーのヴァリエーションをもっているつもりだったが、処女を相手に手練手管を披露してもしかたあるまい。

いや、毛《と》にも角《かく》にも、早苗が欲しくなってしまったと言ったほうが本音に近い。黒々とした草むらの奥から、いやらしい匂いのする粘液をとめどもなく漏らしている二十歳のヴァージンと、ひとつになりたくてたまらなかった。

ブリーフを脱ぎ捨てると、勃起しきった男根が唸りをあげて反《そ》り返った。我ながら呆《あき》れそうになる勢いだったが、早苗のリアクションのほうが見ものだった。息を呑んで眼を丸くしたかと思うと、次の瞬間、真っ赤に染まった顔を両手で隠した。処女とはいえ二十歳である。カマトトじみた純情な反応に、津久井は震えた。震えるほどに興奮し、欲望がつんのめっていく。

「入れる……」

両脚の間に腰をすべりこませ、濡れた花園に男根の切っ先をあてがった。早苗はまだ両手で顔を覆っている。

「こっちを見るんだ」

低く絞った声で言うと、早苗はおずおずと顔から手をどけた。可愛い顔が紅潮していた。可哀相なくらい歪んでいた。眼はとくにそうだった。視線と視線をからみあわせながら、津久井は腰を前に送りだした。かたい関門があった。

強引に突破しようとすると、早苗が悲鳴をあげて後退った。津久井は上体を被せ、恐怖を顔に貼りつけている早苗の肩を抱いた。逃げられないようにしっかりと抱きしめて、むりむりと男根をねじりこんでいった。

阿鼻叫喚の悲鳴があがった。

暴れる早苗を、津久井は押さえこむように抱きしめた。かたい関門を突破すると、それ以降はすんなり奥まで入ることができた。

処女膜を突破したのだ。

奪った、という実感が、そのときたしかにあったことをよく覚えている。

6

あれから三カ月あまり——。

叔父と姪の禁断の関係は続いていた。

愛をささやきあったこともなければ、恋心を確かめあったこともない。ただ会って、体を重ねている。言葉は不在で、行為だけがそこにあった。

かといって、単なるセックスフレンドとも違う、一種異様な関係だった。少なくとも津久井は、そういうふうに女と付き合ったことがない。土台の危うい、我に返ってしまえば正気を疑うしかない関係なのに、津久井は早苗に執着していた。彼女もまた、そうだったはずだ。なんとか都合を合わせ、まわりの隙をついて、密室に逃げこんだ。芽衣子の出勤中を狙って、体を重ねた。なるべく目立たないラブホテルを探して、淫《みだ》らな汗をかいた。

「あああーっ！　はぁあああーっ！」

男根で貫かれた早苗があげる悲鳴は、いまやすっかり艶めいて、喜悦に歪んでいる。津久井の腕の中で総身をのけぞらせ、快楽に翻弄されている。

「すっ、すごいのっ……すごい気持ちいいのっ……変になるっ……わたし、変になっちゃううううーっ！」

この三カ月の成果だった。

津久井が執着していたのは、早苗の性感を開発することだった。処女を奪ったからには、そうする義務があると思った。痛みを味わわせただけで放りだす、ひどい人間にはなりたくなかった。

もちろん、すべては言い訳だ。本当は、ただ抱きたかっただけだ。この手で蕾《つぼみ》から開花させることに、尋常ならざる興奮を覚えていただけだ。

実際、それはめくるめく体験だった。まっさらな女に性の手ほどきをしていく悦びは、津久井のセックス観を変えた。ただ自分の欲望を吐きだせばいいという、排泄行為じみたやりかたがひどく幼稚に思えた。

セックス観どころか、人生観まで変わってしまったかもしれない。痛がるばかりだった早苗をよがらせるまでの行程には、一本の映画を完成させるのに勝るとも劣らない、充実感がひそんでいた。

「出すよっ……そろそろ出すよっ……」

ピストン運動を送りこみながら言うと、早苗は真っ赤な顔でうなずいた。津久井はのけぞる彼女をしっかりと抱きしめ、フィニッシュの連打を開始した。勃起しきった男根で、早苗の両脚の間を穿《うが》った。勃起しきっているはずなのに、まだ硬くなり、膨張していくような気がする。息をとめて、女体が浮きあがるほど突きあげる。早苗が甲高い悲鳴をあげる。淫らな汗をかいた素肌をこすりつけてくる。気が遠くなりそうな愉悦が、身の底からこみあげてくる。

「でっ、出るっ……もう出るっ……おおおっ……うおおおおーっ！」

雄叫びをあげて、最後の一打を打ちこんだ。男根を抜いてしごきたて、煮えたぎるように熱い白濁液を放出する。早苗の腹部から、胸の谷間まで飛んでいく。痛烈な快感にうめき声がもれる。

身をよじりながら長々と射精を続け、最後の一滴を絞りだすと、ベッドの上で大の字になった。怖いくらいに息がはずんでいた。早苗もそうだった。しばらくの間、呼吸を整えることと以外、なにもできない時間が過ぎていく。

「わたし……もうすぐ卒業です……」

早苗が天井を見上げたまま言った。

「卒業式まで、あと二週間……」

その後に彼女がどうするつもりなのか、津久井は知らなかった。キスをして以来、彼女の口から東京行きの話が出ることはなくなった。ぼんやりと、この土地に残るものだと思っていた。どこかに就職し、津久井が駅までの送迎係を務めて、ふたりの関係は続く。その先にどんな未来が待ち受けているのか、いまはまだ、想像することもできない。

「わたし……東京に行きたい……」

早苗が言った。

「ねえ、秋彦さん……一緒に行って……東京に……」

「なにを言ってる……」

津久井は苦笑するしかなかった。

「一緒に東京って……ディズニーランドでも行きたいのか？」

「そうじゃない……かけおちしてほしい……」

耳を疑った。

「わたしもう、コソコソしてるのにうんざり。秋彦さんと普通に街を歩きたい。デートだって……べつにディスニーランドとか行かなくていいの。買い物に行ったり、お茶を飲んだり、たまにはお酒を飲みにいったり……そういうことが、こっちにいたらできないでしょ？　見つかったら大変なことになるでしょ？　でも東京に行けば……」

早苗は嗚咽《おえつ》をこらえるように口に手をあてた。涙まではこらえきれなかった。乳房も草むらも露わに、裸身を投げだしていた。腹部から胸の谷間にかけて白濁液が飛び散った姿で、早苗は泣いた。

なるほど……。

こういうことになるのだな、と思った。禁断を破り、快楽をむさぼった報いがこれだった。

早苗が声をあげて泣きじゃくりはじめる。

裸のまま、津久井の吐きだしたものを拭《ぬぐ》いもしないで大粒の涙を流し、やがて、泣き顔をこすりつけるようにしがみついてきた。

第二章　眉根を寄せて

1

人生であれほど緊張したのは、後にも先にも記憶にない。

まだ新米の助監督だったころ、気難しいと評判の大物芸能人の扱いをしくじり、怒声を浴びせられたことがある。あのときも緊張はしたが、どこか冷めていたところもある。新米なのだから失敗はしかたがない、次からは気をつけて挽回すればいいと……。

失敗は悪事ではないからだ。

しかし、かけおちは明確な悪事である。犯罪ではないかもしれないが、まわりの人間を例外なく失意のどん底に突き落とす。怒りや恨みを買い、それまで親密だった関係を破綻させ、二度と顔を合わせられなくなる。

それが年若いカップルの衝動的な行動であれば、大目に見てもらえることもあるだろう。あやまちを諭され、お灸を据えられるだけで、元の生活に戻ることもできるかもしれない。だが、四十にもなった男が、二十歳の娘を連れてとなれば、許されるはずがない。しかも、二十歳の娘は姪っ子だった。肉体関係に溺れているだけでも罪なのに、黙って行方をくらますような真似をすれば……。

卒業式から三日後、津久井と早苗はかけおちを決行した。

津久井の脳裏にはまだ、三日前に見た、袴《はかま》にブーツの晴れ姿がしっかりと残っていた。卒業式に参列した両親ともども、駅から自宅までクルマで送ったのだ。早苗は笑っていた。まさしく箸が転がってもおかしいという風情で、両親のつまらない冗談にも腹を抱えていた。

なぜそんなふうに笑える……。

吹っきれた笑いのようにも見えたが、逆の方向かもしれない、と津久井は思った。もしかしたら、かけおちは中止になるのではないか。当日が訪れる前に、やっぱりやめましょう、と冗談めかした笑顔で言ってくるのではないか……。

そうであってくれても、いっこうにかまわなかった。正直、怖じ気づいていた。早苗もそうなのかもしれない。一度は腹を括《くく》ったとはいえ、自分たちの行動がもたらす波紋を考えれば、怖じ気づかないほうがどうかしている。

「本当にいいのか？」

津久井は何度も確認した。

「かけおちなんかして本当に……故郷を捨てることになるんだぞ」

「いいも悪いも、わたしから誘ったんじゃないですか」

早苗の答えは決まっていた。しかし、相手は二十歳の女の子だ。直前になって臆病風に吹かれ、尻込みしてしまうことだってあるだろう。

しかし……。

――これでもう、思い残すことはなにもありません。

卒業式の翌日、早苗からメールが来た。

――いまから明後日が楽しみでしょうがない。両親を泣かせてしまうことになりますが、わたしはわたしの人生を生きたい。そうする権利があると思うんです。秋彦さんがいてくれて、本当によかった。

どうやら中止にはならないようだった。

わたしはわたしの人生を生きたい――その考え方自体は、決して間違っていない。間違っていないが、ならば、二十歳の姪っ子とかけおちするのが、この俺の人生なのか、と津久井は思ってしまった。支えてくれている妻を裏切り、無慈悲に捨てることが……。

よけいなことは考えないことにした。中止にしたところで、元の人生に戻れるわけではないからだ。

目の前に早苗がいる限り、津久井は彼女の体を求めることをやめられないだろう。そして早苗は、かけおちが中止になった失意を埋めあわせるように、禁断の愛にのめりこんでいく。ならばせめてデートがしたいと、わがままを言いだす。密室以外のところで会えば人目につき、人目につけば噂になる。未来には破滅しか待っていないのである。

その日がやってきた。

芽衣子は日勤だったので、一緒に朝食を食べた。トーストにコーヒーにフルーツヨーグルト、いつもと変わらぬメニューである。津久井は食欲などまったくなく、トーストが喉につまってしかたがなかった。無理やりコーヒーで流しこむと、涙が出てきそうになったが、顔色を変えることはできない。鼓動の乱れを必死に抑えて無事完食し、芽衣子を仕事に送りだした。

すぐに倉庫から古ぼけたトランクを出して、荷物をつめはじめた。ほとんど衣類だ。DVDやCDや本、印刷はされたが映像作品になっていない台本など、資料の類いが山ほどあったが、もって行けるわけがない。本当は、東京を離れるとき捨ててくるべきだったのだ。津久井はそうしようとしたのだが、芽衣子がとめた。いつか使うことがあるかもしれないと言われれば、そんな気にもなったのだが、結局はガラクタだった。

新しい生活を始めるためには、金が必要だった。津久井は芽衣子が簞笥《たんす》預金をしていることを知っていた。二百万。彼女の口座にはそれ以上の金が入っているので、現金だけをいただいていくことにする。泥棒だ。ここまでやれば、恨まれるだけではすまないかもしれない。

トランクを閉じると、手が震えていることに気づいた。書き置きのひとつも残していくつもりだったが、とてもペンを握れそうになかった。トランクをクルマに載せ、出発した。

早苗の家に迎えにいった。その日は食堂の定休日だった。早苗は、先輩に就職の相談をしにいくとかなんとか、適当な嘘をついて家を出てくるはずだった。彼女の荷物は前日のうちに、クルマに積んであった。瑶子が出てきたら気まずいことになると思ったが、クラクションを鳴らすと、玄関で待っていたような素早さで早苗が飛びだしてきた。

クルマを発車させた。会話はなかった。これで見納めになる景色は、妙に陽射しがまぶしかった。雪はまだ道の端などにところどころ残っている。まだ降るかもしれないとスタッドレスタイヤを履いたままだが、今年はこのまま春になるような気がしてならない。

いつもの駅ではなく、新幹線の停車駅までクルマで行くことになっていた。最寄りの駅で、ふたり揃ってトランクを引きずりたくなかった。目立ってしようがない。クルマは乗り捨てにするしかなかった。無償で譲ってくれた人や、取り次いでくれた瑶子の気持ちを考えると胸が痛んだが、他にどうにもしようがなかった。

発車時刻を見極め、直前までクルマの中で待機してから、新幹線のホームに向かった。車内は空《す》いていた。座席に座っても、安堵《あんど》は訪れなかった。発車すると、妻を捨てた実感がじわじわとこみあげてきた。心の中で芽衣子に両手を合わせ、早苗のほうはなるべく見ないようにする。

大変なことをしてしまった……。

その思いだけが胸をざわめかせ、不安を駆りたててくる。新幹線が速度をあげ、駅から離れていくほどに、血液が一滴一滴抜かれていくような気がする。

いまならまだ引き返せる……。

馬鹿な想念が脳裏をよぎっていく。そんなことができるくらいなら、どんな手を使ってでも早苗を説得し、かけおちなどしなかっただろう。

車内販売がやってきた。

「すいません」

早苗が声をかけ、缶ビールを二本買った。

「乾杯しましょう」

早苗の顔に浮かんだ満面の笑みが恐ろしかったが、酒を飲むのは悪いアイデアではなかった。飲んで眠りについてしまいたかった。津久井は追加で、カップ酒を三本買い求めた。

「ねえ、秋彦さん、起きて……起きてください……」

早苗に揺すられて眼を覚ますと、東京駅に着いていた。感慨に耽《ふけ》ることもなく、中央線で新宿を目指す。

二年ぶりの東京であり、新宿だった。津久井が生まれ育ったのは戸山公園に近い住宅街だが、もう実家はない。年をとった両親は家を処分し、八王子のマンションに移っている。

生まれ育った街でも、故郷という感じはしなかった。懐かしくもない。ああ、新宿だなと思っただけだが、早苗は違った。眼を輝かせてキョロキョロしている。彼女にしても、新宿くらい何度か来たことがあるだろう。だが、今回は旅行ではなかった。この街の住人になるのである。

とりあえず新宿に住もうと思ったのは、審査のゆるいウィークリーマンションの存在を知っていたからだ。前金で滞在費を払えば、身分証明書を提示する必要もない。偽名が使える。

歌舞伎町の飲み屋街を抜け、ラブホテル街に隣接したところに、そのウィークリーマンションはあった。大久保通りが眼と鼻の先だ。堅気の人間なら、まず絶対に住もうとはしない土地だが、明日をも知れないかけおちのスタートとしては、お似合いかもしれなかった。

狭苦しいワンルームの部屋だった。陽当たりも悪く、窓を開けても隣のビルの壁しか見えない。かなり劣悪な住環境だが、一泊三千五百円だ。ホテルに泊まることを考えればかなり安い。もちろん、普通にアパートを借りるよりは割高だが、仮の宿としては悪くないはずだった。

マンションを出れば、そこは歓楽街だ。まだ陽が高いところにあるからネオンは灯《とも》っていないし、夜の住人は夢の中だが、腹を満たすところには困らない。世界中の料理が集まっている。

「とりあえず、無事東京に到着できたことを祝って乾杯するか」

街を歩いていると、テンションが自然にあがっていった。

「焼肉か中華なら酒が飲めるな。レストランの類いは、日をあらためてディナーに行こう」

「わたし、焼肉がいい」

相変わらずキョロキョロしながら、早苗は言った。

「これから東京での生活がスタートするんですもん。パワーつけなきゃ」

彼女のテンションもマックスにあがっているようだった。大久保通りを渡ればコリアンタウンだから、焼肉屋はいくらでもある。早苗に気に入った店を選ばせ、生ビールで乾杯した。

2

真っ昼間から千鳥足で歩いても、この街なら白眼視されなかった。

正確にはされているのかもしれないが、酔っているので気にならない。焼肉で腹を満たし、JINROを一本空けてもまだ外は明るかった。今日は酔いつぶれるまで飲み歩きたいが、酒場がオープンしなくてはどうしようもないので、いったん小休止することにした。

「最高！」

部屋に戻ると、早苗が抱きついてきた。

「やっぱり東京ってすごい。来てよかった」

「おいおい……」

津久井は早苗を受けとめながら、苦笑するしかなかった。

「まだ焼肉を食っただけだぜ。大げさだな」

「そうですけど……」

眼を見合わせて笑う。普段の微笑とも、卒業式のあとの大笑いとも違う、いい笑顔だった。ナチュラルに笑っている。面白いから笑っているのではなく、希望が彼女を笑わせているのだ。

この東京に、早苗がどんな希望を抱いているのか、津久井にはわからない。さんざん聞かされた彼女の夢は、生きる目標ではなく文字通りの夢想であり、実現性があるとは思えなかった。ならばいったいなにを……。

考えるのはやめることにした。考えたところで悩みが増えるだけで、いいことはなにもなさそうだった。

唇を重ねた。

「……わたし、にんにく食べましたよ」

「俺だって」

もう一度唇を重ね、舌をからめあった。たしかににんにくの香りがしたが、不快ではなかった。吐息にそれが混じっていても、早苗の小さくてつるつるした舌はどこまでも甘い味がした。

長々とキスを続けてから、服を脱がしあい、ベッドに移動した。セミダブルなはずだが、ほとんどシングルのような狭さだった。このベッドなら、毎日抱きあって眠るしかないだろう。悪くなかった。切り捨ててきた過去も、先行きのわからない未来も、深い闇に沈んでいる。だが、現在には抱きあって眠る女がいる。それで充分な気がした。それ以上のことをなにも求めなければ、あるいは自分たちなりの幸せがつかめるかもしれないと思った。

「んんんっ……」

ブラジャー越しに乳房を揉むと、早苗は瞳を潤ませた。彼女の下着はいつも白だった。白一色、白地に花柄、白いレース……今日はレースだった。丸い隆起がざらついた生地に包まれ、たまらなくいやらしい揉み心地がする。

ホックをはずし、カップをめくった。

何度見ても、そそる乳房だった。隆起の豊かさ、清らかな乳首の色、それに加え、乳首がついている位置が高いから、ツンと上を向いているように見える。裾野の量感が際立ち、指を食いこませずにはいられなくなる。

「ああんっ……」

乳首を口に含むと、早苗は甘えるようにあえいだ。処女喪失直後に比べれば、あえぎ方がずいぶんエロティックになった。可愛らしさの中に、大人びた色香が滲《にじ》んでいる。

「ふふっ、乳首がもう勃《た》ってるぞ。エッチだな」

「いやんっ、変なこと言わないで……」

言葉責めにもしっかり反応し、いやいやと首を振る。そうすると、長い黒髪が波打つように揺れた。津久井の好きな光景だった。光沢も美しい真っ黒い髪、そして化粧をほとんどしていない抜けるように白い顔は、早苗の清潔さの象徴だった。そういう彼女が、快感に翻弄されていくのを見るのは眼福以外のなにものでもなかった。

早苗がセックスに慣れ、快感を味わえるようになっていくに従って、ギャップが生まれた。可愛い顔してこんなに乱れて、というやつである。それもまた、ひどくそそる。我を失わずにはいられないほどに……。

「あああーっ！」

馬乗りになって双乳と戯れだすと、早苗の白い顔は生々しいピンク色に染まっていった。それをチラチラと眺めながら、津久井は豊満な乳房をねちっこく揉みしだき、頬ずりした。乳首を舐め転がしては吸いたてた。時に甘嚙みまでして早苗をよがらせた。

これは東京に来て初めてのセックスだった。舞台はしょぼくれているけれど、思い出に残るようなものにしたかった。ショーツを奪い、たっぷりとクンニリングスを施すと、上に乗るようにうながした。

「えっ？　上……」

ハアハアと息をはずませながら、早苗は困惑顔になった。

「ああ、騎乗位だよ」

津久井はうなずいた。いままで試したことがない体位だった。というより、ふたりはまだ、正常位しか行っていなかった。津久井がそれをいちばん好んでいるという理由もあるが、まずは早苗の体を慣らしたかったのだ。男の器官を受け入れることに……。

「わたしに、できるでしょうか……」

心細そうに言いつつも、早苗はまたがってきた。元来、好奇心の強いタイプだった。だからこそ、まずは正常位で慣らしたかったのだ。慣らし運転が終わったいまなら、どんな体位でもアクセルを踏みこめるはずだ。

「恥ずかしいです……」

早苗はせわしなく視線を動かし、唇を震わせる。下から見上げる二十歳の裸身は、神々しささえ感じさせる。

「自分で入れてごらん」

津久井がさらに羞恥を誘うような言葉を投げると、真っ赤になりながら右手を男根に伸ばしていった。つかんで腰を浮かせ、切っ先を花園にあてがっていく。ヌルリとこすれあう感触に、頬がひきつる。

「そのまま腰を落としてくるんだ」

早苗がうなずく。顔はそむけている。眼の下を紅潮させた表情が、たまらなく可愛らしい。

何度か深呼吸してから、ゆっくりと腰を落としてくる。

「んんっ……」

黒々と生い茂った草むらのせいで、津久井から結合部はよく見えない。しかし、くにゃくにゃした花びらを巻きこんで、亀頭が割れ目に埋まったのがわかる。早苗がさらに腰を落としてくる。ずぶずぶと呑みこまれていく。

「あああーっ！」

最後まで腰を落としきると、早苗は結合の衝撃にのけぞった。垂涎の光景だった。津久井は息を呑んで凝視した。両手を乳房に伸ばしたい、膝を立てて下から突きあげてやりたい――そんな衝動がこみあげてくるが、我慢して早苗が気を取り直すのを待つ。

「ううぅっ……」

早苗が薄眼を開けてこちらを見たので、津久井は見つめ返した。視線が合うと、体の芯が疼《うず》いた。彼女の中で、男根がひときわ硬くなっていくような気がする。

「動いてごらん」

うながすと、早苗は腰を動かしはじめた。ぎこちなかったが、結合した性器と性器はこすれあう。早苗の顔が歪む。きりきりと眉根を寄せていきながら、必死になって腰を振りたてる。

津久井は両手を伸ばして早苗の腰をつかみ、動きを補助してやった。ぐっ、ぐっ、と引きつけて、リズムを生じさせた。早苗は勘がいい。運動神経も悪くない。やがてリズムに乗ってきた。ゆっくりとした、粘りつくようなリズムだったが、それを分かちあえば、倍々ゲームで快楽が高まっていくのがセックスだ。

「あああぁっ……」

震える声をもらして、早苗は喜悦を噛みしめた。表情の変化がたまらなくいやらしい。津久井は視線をからめあわせながら、両手を乳房にすべらせていった。タプタプと揺れているふたつのふくらみを下からすくいあげ、撫でまわした。やわやわと揉みしだいては、淫らに尖った乳首をつまんだ。

「ああっ、いやっ……あああぁっ……」

早苗が乱れる。困惑に眼尻をさげながらも、腰の動きはとまらない。むしろピッチがあがっていく。ずちゅっ、ぐちゅっ、と肉ずれ音がたつ。早苗はそれを羞じらいつつも、腰振りの愉悦に溺れていく。

たまらなかった。

津久井は膝を立て、自分も下から腰を使いはじめた。ずんずんっ、ずんずんっ、と突きあげてやると、

「あううっ！」

早苗は上体を起こしていられなくなり、前傾姿勢になって両手をついた。津久井は突きあげるリズムをキープしながら、双乳を揉んだ。早苗が口づけを求めてくれば、舌と舌をからめあわせた。

濡れた肉ひだに包まれた男根が、みなぎりを増していく。二十歳の清潔な肉体を、深々と貫いている実感に燃える。リズムが高まっていく。双乳から尻の双丘へ、両手を移動させる。乳房より弾力のある尻丘は、揉みごたえがある。左右を寄せたり離したりすれば、結合感にも変化が生じる。したたかに指を食いこませながら、突きあげる。みるみるフルピッチにまでリズムが高まり、早苗の体は暴れ馬にまたがっているように激しく揺れる。

「ああっ、いいっ……気持ちいいっ！」

早苗が首を振り、長い黒髪を振り乱す。素肌がそれに撫でられる感触が、心地よかった。津久井はいつしか呼吸も忘れ、早苗を突きあげていた。もしかしたら、このままイカせられるかもしれない。そんなことを夢想しながら、肉の悦びに溺れていった——。

すべてが終わった。

結局、早苗を絶頂に導くことはできなかったが、津久井は満足だった。騎乗位を解禁したことで、早苗の反応はあきらかに変わった。腰振りのコツをつかめば、その日が訪れるのは遠くないだろう。

焦る必要はなかった。時間はたっぷりとあるのだ。一緒に住んでいれば、お互いを求めあう回数も増えるに違いないし……。

「秋彦さん……」

早苗が身を寄せてくる。

津久井は肩を抱き、髪を撫でた。まだほのかにピンク色に染まっている白い顔をのぞきこみ、まぶしげに眼を細めた。長い黒髪と白い顔が、早苗の清潔さの象徴だった。こうやって髪を撫で、うっとりと見つめあっているとき、津久井はたとえようのない幸福感を覚える。いつまでもこうしていたいと、夢のような気分にたゆたうことができる。

だが、射精を遂げたあとの気怠《けだる》さが、不安な気持ちを呼び起こした。

さらさらと指から落ちていくこの美しい黒髪も、いつの日か染められたり巻かれたりするのかもしれない。メイクを覚えれば、つけ睫毛《まつげ》やらアイシャドーやらで別人のようになってもおかしくない。

寂寥《せきりょう》感が、冷たい風になって胸底を吹き抜けていく。

考えても詮無《せんな》いことだった。いつまでも穢《けが》れを知らない木綿のハンカチーフでいてほしいというのは、男の身勝手な願望なのだろうから……。

3

翌日は身のまわりのものを買いそろえた。

いくらまわりに星の数ほど飲食店があるとはいえ、外食ばかりしていてはもったいない。お互い仕事が決まるまでは節約を心がけようと話しあい、自炊をすることにした。

最近の百円ショップはすごい。なんでも揃う。茶碗、お椀、大小の皿、箸、グラス、布巾《ふきん》、スポンジ、洗剤、食材まである。さすがに炊飯器までは売っていなかったが、それはディスカウントショップで安ものを買い求めた。

「なんだか、みじめだね……」

部屋で初めての夕食の光景に、津久井は溜息をついた。炊きたてのごはん、豆腐の味噌汁、野菜炒め、そこまではいいのだが、テーブルがないので、トランクの上に段ボールを敷いているのだ。

「いいじゃないですか」

早苗は笑っている。

「こういうの、なんか楽しい。おままごとみたいで」

「まあ、そうか……」

津久井は苦笑した。たしかにままごとだった。なにもないところからふたりの生活が始まったことを、食卓のみじめさが声高に告げていた。楽しいと言われれば、なるほどその気持ちもよくわかる。

新鮮だった。

貧しくても、手垢がついていない暮らしがここにあった。過去はなく、未来だけが光り輝いていた。

いや……。

未来ではなく、いまが輝いているのだ。

田舎ではラブホテルという淫靡《いんび》な空間でしか触れあうことができなかったが、いまは違う。セックスだけではなく、生活を共有している実感がある。

食事をすれば、狭い室内にごはんと味噌汁の匂いが漂う。そんな些細《ささい》なことが幸福の象徴なのだとしみじみ思う。連れだってコインランドリーに行くことさえレジャーの一環みたいなものだ。外で飲むのは我慢しても、部屋で飲めば安酒でも楽しく酔える。テレビはなかったので、スマートフォンで音楽を聴く。百円ショップで買ってきたスピーカースタンドの音は悪くない。

もちろん……。

セックスもしている。

上京して一週間くらいは、昼も夜も隙あらば求めあった。仕事を探さなければならなかったが、まずはふたりでかけおちしてきた現実を嚙みしめたかった。愛の言葉をささやきあうことが苦手なふたりだったから、快楽を分かちあうことだけが、唯一最大の愛情表現だった。

津久井は妻を捨ててきた……。

早苗は親と故郷を捨ててきた……。

そうまでして手に入れたかったものは、単なる都会の片隅でのその日暮らしではなかった。一緒にいたかったのだ。

誰はばかることなく、愛しあいたかったからなのだ。

早苗を抱いていると、津久井は自分を肯定できた。かけおちしてよかったと思えた。抱けば抱くほど、生きる気力がわきあがってきた。田舎に引っこんで以来、自分の生命力は落ちていたのだと思った。それが蘇《よみがえ》ってきている。早苗の若い体が蘇らせてくれる。

芽衣子には悪いけれど……。

津久井の人生はリセットされた。自分の人生でこんなことが起こるなんて想定外だったし、起こってはならないことだったのかもしれないが、起こってみれば視界は良好だった。

まだまだやれると思った。

四十歳にしてそう思えることが、とにかく嬉しかった。

しかし……。

こんなはずではなかった。

なんとかなるだろうと、いささか楽観的に考えすぎていたらしい。

食うためには働かなければならず、働くなら元の業界を頼るしかない津久井だった。もちろん、映画本編を監督できるようなおいしい話はないだろう。それは都落ちする前、骨身にしみていたが、映像関係周辺の仕事なら、多少はありつけるだろうと思っていたのだ。

「甘いよ、津久井ちゃん」

呼びだした古い友人に、一刀両断にされた。

「映画でもテレビでも、製作会社はどこも火の車だよ。あんたが田舎に引っこんでた二年の間に、ますます風向きが悪くなった。ニッチな仕事がとにかくないね。アダルトだって瀕死の状態だしな。企業関係や教育関係のお堅いジャンルは、それ専門の人間がしっかりいるし。かといって、一度本編のメガホンとってる人間が、助監督として現場に戻るわけにもいかないだろう？」

「PVなんかはどうなんだ？」

「ないない。あるわけない。音楽業界がいちばんテンパってるよ。CDが売れないんだもん。若い連中は、音楽なんてただで聴けるもんだと思ってる。ネットでね。これはまあ、なんでもそうなんだけどさ。ソフトが金になる時代は終わったんだよ」

「じゃあ、ソフトをつくってる人間はどうすりゃいいんだ？」

「どうしようもない。帰る故郷があるやつが羨《うらや》ましいね。俺も田舎に引っこんで、のんびり畑でも耕したいよ」

「農家の人が聞いたら怒るぜ」

「まあな。見果てぬ夢だよ。結局トドメを刺されるまでシコシコやってるしかないんだけど、未来は暗いね。真っ暗だ」

　津久井は深い溜息をもらした。

「だいたい、津久井ちゃん、どうして戻ってきたの？　看護師の奥さんが食わせてくれてたんだろう？」

「いろいろあるんだよ、やむにやまれぬ事情が……」

「経験者として助言しておくけど、離婚だけはやめたほうがいい。勢いで払うって決めちまった慰謝料と養育費が、あとからじわじわと効いてくる。ただでさえ金がないっていうのに

「……こんなことなら離婚なんかしないで、女房を働かせておけばよかったって、酒飲んじゃ荒れてる毎日さ……」

「参考にするよ」

全部で十人近くの人間に話を聞いたが、返ってきたのは似たような答えばかりだった。中には経営者の肩書きをもっている人間もいたが、誰ひとり「とりあえず、うちの事務所に机だけ置いてみたら」という誘いの言葉さえかけてくれなかった。

これではっきりした。映像関係のキャリアを活かせる仕事はないのだ。

考えてみれば、それも当然かもしれなかった。若い連中は、金にならなくても現場に入る。とにかくこの世界でやっていくのだという情熱があり、不眠不休どころか、時には飲まず食わずで働き抜く。自分の作品となれば、もちだしまでして撮りあげる。

津久井もかつてはそうだった。情熱だけで生きていた。情熱を失った人間が留まっていられるほど、甘い世界ではないのだ。わかっていたことだが、そうなると業界の未来以上に津久井の未来は暗かった。できる仕事といえば、ガードマン、飲食店の下働き、ラブホテルの清掃員、そんなところか。

「……ふうっ」

外で人に会うと、とてもまっすぐ部屋に帰る気になれなかった。

酒が飲みたくて、駅からウィークリーマンションに向かう道を、途中でたいてい曲がってしまう。

大久保通りから少し入ったところに、馴染みのバーができた。歌舞伎町の喧噪から少しはずれたところでひっそりとやっている店で、いつ行っても他に客がいないところが気に入った。十人ほど座れるカウンターは、いつも津久井の貸しきり状態だった。

眞美という名前のママが、ひとりで切り盛りしている。

扉を開けて入っていくと、彼女はいつもテレビを見ていた。壁に貼られた映画のチラシやレコードジャケットは一九六〇年代、七〇年代のものばかりで、昭和の香りが漂っているのに、テレビだけが最新型の大型液晶、映っているのはたいてい日本のプロ野球だ。まだオープン戦の時期なのに録画までしている。スポーツバーというわけではなく、ママが個人的に好きなのだそうだ。

「いらっしゃい。今日も景気の悪そうな顔してるのね」

「冴えない顔は生まれつきさ。景気の問題じゃない」

津久井は苦笑しながらカウンター席に腰をおろし、スコッチを頼んだ。すべてショット売りで、なんでも一杯八百円と安い。

しばらく、黙って飲んだ。

酔いがまわらないと、軽口を叩く元気もない。こんな状態では、早苗の待つ部屋に戻ることはできない。ずっと年上の津久井が塞《ふさ》ぎこんでいては、彼女だって不安になるだろう。

早苗も仕事を探していたが、あまりうまくいっていないようだった。当たり前だ。なにがしたいのかわからないのだから、なにかを選択できるわけがない。それでも、とにかくいろいろなことにチャレンジしてみればいいと言ってある。それが若さの特権なのだ。

とはいえ、それを支えるには大人の経済力が必要だった。津久井の無収入が続けば、いまの生活は半年ともたない。いよいよというときはガードマンでも清掃員でもやるしかないが、みじめなことになりそうだった。クリエイター崩れでプライドばかりが高く、体力は老人以下なのだから……。

スコッチのオン・ザ・ロックスを三杯飲むと、ようやく頭の芯が痺《しび》れてきてくれた。

「そんなに面白いかね？」

テレビを見ているママに声をかけると、

「えっ？　ああ……」

呆《ほう》けたような顔を向けてきた。夢中になっていたらしい。ひどい店だと、苦笑がもれる。

もっとも、こちらにしても、酒がまわるまでは放っておいてほしかったのだが。

「一杯、ご馳走しますよ」

「ふふっ、ありがとう」

ママは自分のグラスにスコッチを注ぎながら言った。

「野球が面白いのはね、強いチームがかならず勝つとは限らないところ。どんなに強くてもペナントレースを全勝することはできないでしょう？　優勝したチームでも、百四十なん試合かのうち、六十試合くらいは負けてるのよ。一回のゲームに限って言えば、弱いチームが勝つ可能性が四割くらいはあるわけ」

「実力以外のなにかがあるんだろうね。運というか、流れというか……」

「よく言われることだけど、格闘技なんかにはフロックはないのよ。強い者が勝って、弱い者が負ける。でも、そんなの見ていて面白くないでしょう？」

ひどく楽しそうに笑うママにつられて、津久井も笑った。

少し崩れているが、なかなかの美人だった。ハーフのように眼鼻立ちがくっきりして、気怠げな表情に色気がある。グラマーなスタイルに、体の線を出した派手なドレスがよく似合っている。

年は三十代後半から四十代前半だろうか、おそらく津久井と同世代だ。

同じクラスの女子だったら、どんなタイプだったろうかと想像してみる。委員長ではない。運動部で頑張っているタイプでも、マネージャーでもないだろう。教室の隅でおとなしく本ばかり読んでいる、読書好きの美少女というのも、少し違う気がする。

となると……。

「ママって、若いころはヤンキーだったでしょ？」

津久井が言うと、

「失礼ね」

ママは眼を吊りあげて腕組みした。

「どうしてわかったの？　滅多に見破られないんだけどな」

「あてずっぽうさ」

「元ヤンだからって、馬鹿にしないでね。付き合ってた男は、野球部のキャプテンで成績もトップクラスの、超真面目人間だったんだから」

一瞬の間ののち、眼を見合わせて笑った。大笑いだった。

おかげで、少し気分が軽くなった。

あと一杯飲んだら、早苗の待つ部屋に戻ろう。

やさしく抱きしめて、口づけを交わし、セックスをする。そうやって、深い眠りにつけばいい。明日は明日の風が吹く。思い悩んでいたって、いいことなんてなにもない。笑っていよう。つらいときこそ空元気《からげんき》を出そう……。

4

桜が散った。

上京してきたときはまだ蕾にもなっていなかったのに、開花したと思ったらあっという間に満開になり、桜吹雪が舞い散って、いまはもう、葉桜の時期さえ終わろうとしている。

津久井と早苗が上京してから、ひと月が経過しようとしていた。

いろいろと芳しくなかった。仕事探しは膠着《こうちゃく》状態のままやる気が失せてしまい、具体的にはなにもしない日々が続いている。

つくづく思い知らされたのは、自分には勤労意欲がないということだった。ギャラこそ発生していたものの、映画づくりは趣味の延長みたいなもので、仕事でも労働でもなかったのだ。ただ純粋に、生活のための金を稼ぐということに、どうしても真剣に向きあえない。

それでも生きていれば金がかかる。

手持ちの金が少なくなっていくほどに、心が削られていくような不安に苛《さいな》まれる。

バチがあたったのかもしれない、とも思う。

芽衣子をはじめ、田舎に残してきた人間をしたたかに裏切ったバチが……。

空元気を出すにも限度があり、このところ早苗と一緒にいることがつらくなってきた。仕事を探すふりをして部屋を出て、日がな一日散歩をしたり、公園のベンチでぼんやりして、日が暮れたら眞美の店で一杯飲んで帰るというのが、日課のようになってしまっていた。倦《けん》怠《たい》感、焦燥感、意識しなくても、そういったネガティブな感情だけが、体の内側に溜まっていった。

事件が起こったのは、そんなある日のことだった。

部屋に戻ると、早苗がドレスを着ていた。淡いグリーンのドレスで、胸の谷間も露わな、太腿から下がシースルーになった、ひどくセクシーなものだ。

初々しい色香にドキッとしたが、それ以上に嫌な予感が胸を揺さぶった。いままでの早苗のワードローブにはあり得ないし、パーティにでも行かない限り普通は着ることなどないものだろう。いや、これはパーティというより……。

「……どうしたんだ？」

こわばった顔で訊ねると、

「わたし、キャバクラで働くことにしました」

早苗が不敵な笑顔を向けてきた。挑むような眼つきで、口許だけに笑みを浮かべた表情を、津久井はいままで見たことがなかった。

「キャバクラだって？　どうして急に……」

「急にってわけじゃないんです。秋彦さんには黙ってましたけど、二週間くらい前にスカウトの人に声かけられて、それからずっと考えてて……それで今日、思いきって面接に行ってみたんです。そうしたら、わたしみたいなのでもなんとかなりそうだから、思いきって挑戦してみることにしました」

困惑する津久井をよそに、早苗の態度に迷いはない。

「若いんだからなんでも挑戦してみろって、秋彦さんも言ってたでしょう？　せっかく新宿に住んでるんだし、これも経験だと思うんです」

「いや……」

津久井はベッドに腰をおろし、深い溜息をついた。全身から力が抜けていくようだった。

たしかに、なんでも挑戦してみろとは言った。頭の中でいろいろ考えてみるより、現場に飛びこんでしまったほうが、より早く、より確実に、その仕事に対する適性がわかるからだ。

しかし、キャバクラはない。

いちばん安易な選択肢であると言ってもいい。

なるほど、早苗ほどの器量があれば、それなりに稼ぐことは可能かもしれない。だが、安易なぶんだけ落とし穴も多い。早苗は盛り場のルールなどなにも知らない、まっさらな田舎娘なのだ。どう転んでも、ろくでもない結果にしかならないような気がする。

「……賛成してくれないんですか？」

早苗が顔をのぞきこんでくる。

「……そうだな」

津久井は絞りだすような声で言った。

「やめたほうがいいんじゃないか、夜の仕事は……」

「でも、秋彦さんだって、なかなか仕事が見つからないんでしょ？」

早苗が心配そうに眉をひそめる。

「このままだと、どうしようもないじゃないですか。ふたりしてぶらぶらしてて、お金がなくなっていくばかりじゃ……」

「申し訳ないと思ってるよ……」

津久井はうなだれてこめかみを揉んだ。

「もう少し、なんとかなると思ってたんだ……自分が腑甲斐ないよ……でも、これ以上、俺をみじめにしないでくれ。かけおちしてきた若い女を水商売で働かせるなんて……そんなの最低じゃないか……」

早苗が隣に腰をおろし、太腿に手を置いてくる。

「わたしはべつに、無理やりキャバクラで働かされるわけじゃありません」

「いや、でも……」

「わたし本当に、秋彦さんには感謝してるんですよ。秋彦さんがいなかったら、東京に出てこられなかったから……田舎で一生、お婆ちゃんになるまでつまらない人生を送っていたはずだから、本当に感謝してます……秋彦さんは、映画の仕事以外したくないんでしょう？だったら、じっくりその仕事に取り組んでください。生活費はわたしが稼ぎます。まかせてください」

夢見るような眼つきで言ってくる早苗は、すでに落とし穴のひとつに嵌《は》まっているようだった。

おそらく、キャバクラの店長にでも、空気を入れられたのだ。キミならすぐに売れっ子になれる。月収百万も夢ではない——馬鹿馬鹿しい。この不況のご時世、水商売の世界だってそんなに簡単に稼げるわけがない。

「心配しないでください……」

早苗がしなだれかかってくる。

「夜の仕事をするからって、わたし絶対、秋彦さんのことを裏切ったりしません。逆に、秋彦さんがいてくれるからこそ、安心して働けるんです……」

　セクシーなドレスに身を包んでいても、早苗はいつもの薄化粧で、首も耳も手首も淋しい。だがいずれ、暗い店内で映える派手な化粧を覚え、ネックレスやピアスやブレスレットで飾りはじめる。ストレートの髪は、アップにしてくるくると巻かれる。真っ黒い色ではコーディネイトの幅が狭まるので、そのうち茶色に染められるだろう。

　津久井の抱えていた不安は、思ったよりずいぶん早く、現実になりそうだった。見た目が変わっても、中身が変わらなければいい。だが……。

　津久井は早苗の腰を抱いた。

　淡いグリーンのドレスは光沢のあるサテン素材で、独特の感触がした。一日で急に、彼女が大人になってしまったような、そんな感じがした。

　早苗が顔を近づけてくる。

　唇を重ねた。早苗はキスが好きな女だった。いつものように、じっくりと口を吸いあった。舌と舌とをからめあっていると、キスの味まで大人びているような気がした。津久井は奮い立った。この女を逃がしてはならない――本能の叫び声が聞こえた。本能が危機を訴えていた。

「うんんっ……ぅんんっ……」

口づけを深めていきながら、早苗の体をまさぐった。乳房から腰、そして太腿……ドレスに包まれているせいで、いつもと触り心地が違う。胸や腰のあたりのサテン素材はつるつるしているが、太腿のシースルーの生地はひらひらしていてざらつきがある。二本の美脚もまた、ざらついたストッキングに包まれている。光沢を放つナイロン越しに、弾力のある肉を感じる。指を食いこませれば、若々しさが伝わってくる。

「……あんっ！」

口づけをとき、ベッドに押し倒した。そのまま早苗の体を丸めこみ、両脚を開かせる。いわゆるマンぐり返しの体勢で押さえこんでいく。

「いっ、いやっ……いやですっ……」

早苗が焦った顔で首を振る。クンニリングスは日課でも、ここまで大胆な格好を強要したのは初めてだった。

セクシーなドレス姿に、劣情をかきたてられたのだ。色香で男をたぶらかそうという装いを、台無しにしてやりたかった。実際、そうなった。マンぐり返しは、美しいドレス姿の女を滑稽なまでにいやらしく見せた。

ナチュラルカラーのパンティストッキングに、薄紫色のショーツが透けていた。見たことのない色とデザインだった。ドレスに合わせて、下着まで新調してきたらしい。見られるはずのないドレスの中に、こんな大人びたショーツを着けて、なにを目論んでいるのだろう？　パンチラで指名をとるつもりなのか？　分厚い財布を持った客には、ドレスを脱ぐのも辞さないのか？

カアッと頭に血が昇った。

怒りにまかせて、ビリビリとストッキングを破る。剝《む》きだしになった薄紫色のショーツに、鼻を押しあてる。奥から漂ってくるほのかな匂いさえ、今日はなんだか妙に大人びているような気がする。

わかっている……。

早苗の頭の中に、パンチラや枕営業があるわけがない。ただ単に、白一辺倒の下着から脱却したくて、買い求めてきただけなのだろう。実家にいれば母親の目を気にして穿けなかったおしゃれなランジェリーを、穿いてみたくなっただけのことだろう。

理屈では理解できても、感情がついていかないのだ。

早苗がキャバクラで働くことを認めたくない。

すべては自分の甲斐性のなさが原因で、彼女は被害者でさえあるのに、八つ当たりしたくなる。ドレスを着せたままあられもない格好に押さえこみ、辱《はずかし》めようとしている。

「やめてくださいっ……」

早苗が声を震わせる。

「こんな格好っ……恥ずかしいですっ……」

津久井はかまわず、ショーツのフロント部分に指をかけ、片側に掻《か》き寄せていった。綺麗な薄紫色の布地に隠されている、獣の部分を剝きだしにしてやる。黒々とした草むらが姿を現すと、光景が一変した。いくら装いに気を遣ったところで、ここを剝きだしにされれば澄ました顔をしていられない。

「いっ、いやあああっ……」

敏感な部分に新鮮な空気を浴び、早苗の顔が真っ赤に染まる。新鮮な空気だけではなく、熱い視線も浴びている。しかもマンぐり返しなら、局部と顔を同時に眺めることが可能だ。

「早苗は俺のものだ……」

うっとりした眼つきでささやき、鼻を鳴らして匂いを嗅ぐ。発酵しすぎたヨーグルトのような匂いに鼻腔をくすぐられ、ますます陶然とした顔になる。

「キャバクラでどんなにモテたって、早苗はずっと俺のものだ。そうだろう？」

「ううう っ……」

早苗が怯《おび》えた顔でコクコクとうなずく。

津久井は舌を差しだし、舐めはじめた。濃く生い茂った繊毛を掻き分け、アーモンドピンクの花びらを露わにした。合わせ目を舌先で何度もなぞりたててから、めくった。つやつやと輝く薄桃色の粘膜に、発情の蜜が滲んでいた。

嫌だと言っても、怯えたような顔をしていても、早苗の体は反応していた。花びらの合わせ目にあるクリトリスをねちっこく舐め転がしてやると、喜悦に歪んだ悲鳴をあげてよがりはじめた。

5

津久井はしつこく舌を使った。

いつまででも舐めていられそうだった。

早苗が水商売の道に進むことには反対でも、キャバクラ仕様のドレスはセクシーで、清潔感漂う二十歳の女から大人びた魅力を引きだした。あまつさえその装いのままマンぐり返しに押さえこんでいるのだから、興奮しないわけがなかった。

まさしく、眼福ここに極まれりといった光景が目の前にひろがり、舌を使えば使うほど、早苗の顔は紅潮し、淫らなまでにくしゃくしゃになっていく。

とはいえ、無理な体勢で押さえこまれているのにも、限界があるようだった。

「もっ、もう許してくださいっ……」

早苗が音をあげた。

「くっ、苦しいですっ……もう許してっ……」

実際には、体勢の苦しさより、辱めを受けているような愛撫が、耐えがたかったのかもしれない。

津久井はマングリ返しの体勢を崩した。やさしさではなく、別の感情が働いていた。いつもは大切に、それこそ椿の花を落とさないような細心の心遣いで扱っている早苗の体だったが、今日ばかりは乱暴に犯したかった。津久井も人間だった。体の中に溜めこんだフラストレーションを吐きだすような、セックスがしたいときもある。

「こっちに来るんだ……」

早苗の腕を取ってベッドからおろし、床に正座させた。ハアハアと息をはずませている目の前でズボンとブリーフをおろし、勃起しきった男根を反り返らせた。

「舐めてくれ」

早苗の顔が歪んだ。フェラチオを求めるのは初めてではなかったが、苦手意識があるようなので、毎回は求めていない。求めるときも、ごくソフトなやり方で許してやっている。

だが今日は、甘い顔はしない。フェラチオも満足にできないくせに、色香を売りにした夜の蝶になろうだなんて、生意気なことを言うんじゃない――そんな意味不明の憤怒《ふんぬ》がこみあげてきて、衝動が体を突き動かす。

「口を開けろ」

戸惑ってばかりいる早苗に苛つき、後頭部を乱暴につかんだ。おずおずと開けられた口唇に、切っ先を無理やりねじこんだ。

「んんんんーっ！」

早苗は驚いて眼を見開いた。いやいやと眼顔《まがお》で訴えてきたが、津久井は容赦しなかった。小さな頭を両手でがっちりつかみ、むりむりと奥まで入っていく。早苗が鼻奥でうめけば、わずかに腰を引く。腰をグラインドさせて慣らしながら、もう一度入っていく。

「ぅんぐっ！　ぅんぐぐっ……」

「吸うんだ！」

津久井は胆力をこめて言い放った。

「チンポを吸いながら、舐めてみろ。気持ちよくしてくれ……もっと俺を、気持ちよく……」

言いながら、腰を使う。勃起しきった男根を、引いては押し、押しては引く。顔面にピストン運動を送りこまれ、早苗は激しく悶絶する。だが次第に、抵抗は弱々しくなっていく。

眼顔で許しを乞うこともなくなり、すべてを受けいれはじめる。泣きながら、顔面を犯される。それでも健気《けなげ》に、双頬をすぼめて男根を吸いたててこようとする。

ひどいことをしている自覚はあった。にもかかわらず、やめようという気にはなれない。むしろ、欲望が高まっていく。口唇を男根で貫かれている早苗は、無残な顔になっていた。涙を流し、鼻の穴をひろげ、鼻の下を伸ばしている。にもかかわらず、いやらしいのだ。どこまでもエロスを感じさせ、男の本能を揺さぶってくる。雄々しく責めたてることを、やめることができない。

大人の女になったのかもしれなかった。

処女を奪った直後は、保護欲をそそる、守るべき対象だったのに、いまは挑みかかっていきたい。欲望をぶつけあって、スパークしたい。倍も生きている大人の男にそう思わせるのだから、早苗はもう、立派な大人の女なのだ。

「……んあっ！」

津久井は口唇から男根を引き抜くと、早苗を立ちあがらせた。カーテンを開けた。夜だし、目の前は壁だがそれでいい。窓ガラスが鏡のように映ってくれればいいのだ。

早苗の両手を窓枠につかせ、尻を突きださせた。立ちバックの体勢で、ドレスの裾をめくりあげた。

「えっ？　えええっ？」

経験したことがない体位に、早苗が戸惑う。津久井にしても、初めて挑戦する体位だった。バックならともかく、立ちバックとなると、普通はなかなかチャレンジしづらい。

しかしいまは、それで早苗を貫きたくてしようがなかった。薄紫色のショーツをあらためて片側に寄せると、つんのめる欲望のままに、勃起しきった男根の切っ先を濡れた花園にあてがった。

「あああっ……」

亀頭と花びらがヌルリとこすれあった感触だけで、早苗は声をもらした。マンぐり返しでたっぷりと舐めまわした早苗の花は、しとどに蜜をしたたらせ、淫らなほど熱く疼いている。

「いくぞ……」

窓ガラス越しに、視線を合わせた。鏡よりはずいぶんぼんやりしているけれど、ドレス姿の早苗が映っている。不安げな表情まで、よく見える。彼女の場合、後ろから挿入されること自体、初めてなのである。

「んんんっ……んんんっ……」

身悶えている早苗に向かって、津久井は腰を送りだした。男根は硬くみなぎっていた。くにゃくにゃした花びらを巻きこんで、亀頭を割れ目に沈めこんだ。いつもとは違う、新鮮な感触がした。それを噛みしめながら、肉の凶器と化した男性器官をむりむりと侵入させていく。


「んんんんーっ！」

早苗があえぐ。眺めもいつもと違う。突きだされた尻は果実のように丸く、その中心にずっぽりと男根が埋まっていく様子が、征服感を煽《あお》りたてる。

ずんっ、と最奥まで突きあげると、

「ああああーっ！」

早苗は甲高い悲鳴をあげてのけぞった。眼をつぶり、歯を食いしばり、窓枠をつかんだ両手を震わせて、結合の衝撃をこらえている。

津久井は呼吸を落ち着けながら、両手で尻の双丘を撫でた。あわてる必要はなにもなかった。ストッキングは破いてあったが、それは穴のまわりだけで、尻丘は極薄のナイロンに包まれたままだった。官能的なざらつきを手のひらで味わいながら、窓ガラスを見やった。

早苗が薄眼を開けて、こちらをうかがってくる。ぎりぎりまで細めた眼の奥で、濡れた瞳が妖しいまでに光っている。

「眼をつぶっちゃダメだ……」

ささやきながら、両手をバストにすべりあげていく。ブラジャーはしていないが、ドレスにパッドが入っている。かまわずぐいぐいと揉みしだく。

　こんなドレスは穢してやりたかった。数日のうちに、早苗はこのドレスを着て店に出る。スケベな酔っ払いの隣に座り、しなをつくる。卑猥なジョークを浴びせられる。時には暴走した客に、胸や太腿を触られることだって……。

　その前に、自分の欲望で穢しておきたかったのだ。双乳をしつこく揉みしだいていると、早苗が上体を起こして振り返った。儚げな眼つきでキスをねだってきたので、唇を重ねた。舌をからめあっていると、じっとしているのがつらくなってきた。口づけに熱をこめ、ドレスに包まれた双乳を執拗に揉みしだきながら、腰をグラインドさせはじめた。

「んんっ……んんんっ……」

　勃起しきった男根で中を攪拌《かくはん》してやると、早苗は鼻奥でうめいた。ほとんど化粧をしていない清潔な顔に、淫らななにかが浮かびあがってきた。眉根を寄せた表情が卑猥だった。津久井が腰をグラインドさせるほどに、小刻みに尻を振ってきた。彼女もまた、じっとしていられないようだった。

　津久井は奮い立った。

　キスをやめ、上体を起こした。双乳を揉みしだいた両手を、再び腰まですべり落とした。早苗が前を向くと、

「こっちを見てるんだ」

窓ガラス越しに視線を合わせながら、本格的に腰を使いはじめた。まずはゆっくりと出し入れするつもりだった。無理だった。ピストン運動を開始すると、腰振りはみるみるフルピッチにまで高まっていき、気がつけば渾身《こんしん》のストロークを送りこんでいた。

「あああっ！　はぁあああーっ！」

早苗が甲高い悲鳴をあげる。それを煽りたてるように、パンパンッ、パンパンッ、と尻を打ち鳴らしてやる。

想像に反して、立ちバックは動きやすかった。膝立ちよりもむしろ突きあげやすいくらいで、ピッチが限界を超えて高まっていく。蜜壺の締まりが増してくる。あふれる愛液の量はすさまじく、すでに玉袋の裏まで垂れてきているのに、締まりの強さは呆れるほどで、一打ごとにきつくなっていく。締まるだけでなく、吸いついてくる。内側の肉ひだが、ざわめきながらからみついてくる。それを振り払うように、怒濤《どとう》の連打を繰りだしていく。

「ああっ、いいっ！　すごいいいいいーっ！」

早苗が叫ぶ。声はあきらかによがっている。けれども窓ガラスに映る表情は、いまにも泣きだしそうである。喜悦だけではなく、どういうわけか不安や怯えが、彼女の濡れた瞳には映っているようだ。

「ああっ、変よっ……わたし変ですっ！」

声が震えていた。唇もそうだった。パンパンッ、パンパンッ、と連打を浴びるほどに、五体までわなわなと震えだした。

「こっ、こんなのっ……こんなの初めてっ……イッ、イキそうっ……わたし、イッちゃうっ……」

津久井は息を呑んだ。早苗はまだ、結合状態で絶頂――いわゆる中イキに達したことがなかった。いつになく荒ぶった男に、いつもとは違う体位で突きまくられ、オルガスムスの扉が開きかけているのだ。

「むうっ！　むううっ！」

津久井は鼻息を荒らげて、怒濤の連打を送りこんだ。絶頂ばかりがセックスではないし、彼女はまだ年若い。あまり気にしないようにしていたのだが、いざイカせられそうとなると、眼の色が変わってしまうのは男の性だった。腰使いに熱がこもってしまう。早苗の足が浮きあがる勢いで、奥の奥まで突きあげる。

「……イッ……イクッ！」

早苗が叫ぶ。生まれて初めて味わうオルガスムスに駆けあがっていく。淫らな悲鳴を撒《ま》き散らしながら、ビクンッ、ビクンッ、と腰を跳ねあげる。窓ガラスに映った顔はくしゃくしゃに歪みきり、五体が激しく痙攣《けいれん》しはじめる。

「こっ、こっちもっ……こっちも出すぞっ……」

津久井は唸るように言った。早苗を絶頂に導いた達成感が、射精のトリガーになった。息をとめてフィニッシュの連打を放ち、最後の一打を大きく突きあげる。その反動でヌルヌルになった男根を引き抜き、右手で握りしめる。

「おおおっ……うおおおおっ……」

雄叫びをあげながらしごきたて、狙いを定めた。さすがにドレスはまずい。極薄のストッキングに包まれた尻丘に向けて、男の精を噴射させる。

「おおうっ！」

ドクンッ、と最初の発作が起こった瞬間、痺れるような快感が体の芯を走り抜けていった。ドクンッ、ドクンッ、と白濁のエキスを漏らすほどに、身をよじらずにはいられなかった。

「あああああっ……はぁあああっ……」

早苗も身をよじっている。生まれて初めて味わった中イキに、五体の痙攣がとまらない。

津久井はしつこく男根をしごきたて、煮えたぎるような粘液を吐きだしつづけた。光沢のあるストッキングに包まれた尻丘が、プルプルと小刻みに震えている様子がいやらしすぎて、出しても出しても欲望がこみあげてきた。

第三章　涙の色

1

三カ月が過ぎた。

春が終わり、初夏が来て、梅雨に入り、盛夏になる――気候の変化に富んだこの国でも、ひときわ劇的に目まぐるしく季節が移り変わる時期である。

それに呼応するように、津久井と早苗の生活も変わった。いっそ季節の変化よりドラスティックと言っていいくらいに、暮らし向きが激変した。

早苗はキャバクラ入店一カ月で、指名ナンバーワンになった。それ自体が津久井には驚きだったが、ご祝儀ではないらしく、三カ月を経たいまでもそのポジションをキープし、かなりの稼ぎがあるようだった。

具体的な金額はわからないが、ウィークリーマンションからは早々に引っ越した。店のスタッフが保証人になってくれ、瀟洒《しょうしゃ》な2LDKを借りることができた。勝ち組、という感じだった。家財はまだ全部揃っていなかったが、広々としたリビングに大人がゆうに五人は座れそうなL字形のソファが置かれ、ダイニングテーブルもある。ついこの前まで、トランクに段ボールで食事をしていたのが嘘のようだ。

場所は前のウィークリーマンションから近い大久保通り沿いで、歌舞伎町にある店まで余裕の徒歩圏内。正確な家賃はこちらも不明だが、二十万近くするのではないだろうか。にもかかわらず早苗は、生活費はすべて自分が負担すると胸を張った。実際、それ以外に方法はないのだが……。

「わたしにまかせてよかったでしょう？」

早苗は笑いがとまらないようだったが、津久井は内心でかなりこたえていた。これで完全にヒモである。

それも、最低のヒモだ。早苗がキャバクラにデビューし、接客業のイロハを覚え、古参のキャストを押しのけてナンバーワンになっている間、なにをしていたのかと言えば、なにもしていない。

激安中古店でノートパソコンを手に入れたことくらいだ。ありあまる時間を利用し、劇映画のシナリオを書きはじめたのだが、金になる予定はまったくなかった。例によって、業界の古い知りあいに仕事を乞いにいったところ、

「おいおい、手ぶらで来たのかよ。どうせなら、企画のひとつでももってきてくれりゃあいいのに」

と言われたので、意地になって書きはじめたのだった。といっても、製作のあてもなく、締め切りもない仕事なので、まったくやる気が起こらない。日がな一日ダイニングテーブルでノートパソコンと睨めっこし、なにも書けないまま溜息ばかりをうんざりするほどついて、夕方になって早苗が出勤していくと、現実逃避の酒盛りを始める——そんな感じだった。

我ながら最低だとしか言いようがない。

昔、昭和や大正の時代には、女房をカフェーで働かせて文士修業に精を出し、文豪にまでのぼりつめた人間もいたのかもしれないが、二十一世紀では単なる人間の屑である。だだっ広いリビングのソファに寝転び、安い焼酎を浴びるように飲んでいると、なにもかもどうでもいいような気分になってくる。いっそこのまま死んでしまいたいとすらよく思ったが、そんな勇気もないのだから自分に呆れ果てるしかなかった。

早苗はもう、すっかり大人の女であり、都会の女だった。

人間、経済的に自立すると、自信が生まれる。それも、生活するのにカツカツの金を稼い

でいるわけではなく、東洋一の歓楽街で曲がりなりにもナンバーワンを張っているとなれば、相当なものなのだろう。

彼女の清潔さの象徴であった長い黒髪は、とっくに栗色に染められていた。出勤前に毎日美容院に行ってサイドアップの巻き髪にセットされ、顔には夜の女のメイクが施されている。馬子にも衣装と、軽口を叩くことさえできなかった。背伸びしてそうしているわけではなく、内面の充実が外面にも表れているように見えたからである。無理な感じも、痛々しい感じもせず、むしろよく似合っていた。蛹《さなぎ》が蝶に孵《かえ》るというのは、こういうことを言うのだろうと思った。

津久井は完全に取り残されていた。

ただ闇雲にシナリオを書いたところで、映画が撮れるわけがない。そんなことなら、都落ちする前にもさんざんやって、現実のシビアさにぺしゃんこに潰されてしまったのである。それでもまだ、書いているのならいい。書いているふりをしているだけで、酒ばかり飲んでいるのだから救いがない。

早苗が帰宅する深夜二時過ぎには、完全に泥酔している。ソファであれ、床であれ、寝入ってしまっていればまだマシなのだが、眼が覚めていると自分でも始末に負えないことになる。

キャバクラの空気を纏《まと》った早苗に、劣情をかきたてられてしまうのだ。栗色の巻き髪、派手なメイク、素肌も露わなセクシーなドレス——そうなってほしくないと思っていたはずなのに、そんな早苗にむしゃぶりつかずにはいられない。

「ちょっとぉ、どうしたんですかぁ？　秋彦さぁん、酔ってるのぉ？」

早苗も相当に酔って帰ってくるので、最初のうちはジャレあっているような格好だ。しかし、津久井の中では劣情が燃え狂っている。ニヤニヤ笑いながらも、内心では鬼の形相だ。限度を超えて酔っているはずなのに、男根はカチンカチンに硬くなり、射精を求めて悲鳴をあげていたりする。

とりあえず、それを口唇に咥《くわ》えさせる。たっぷりと舐めしゃぶらせて酔いを覚まさせてから、ドレスのまま恥ずかしいポーズをとらせ、今度はこちらが時間をかけてクンニのお返しをする。クリトリスがふやけそうなくらい、しつこく舐めつづける。その段階でイキそうになっても、絶対にイカせてやらない。イカせるのは、おのが男根に決まっている。

「ああっ、いいっ！　気持ちいいいいーっ！」

津久井の腕の中で、早苗は獣の牝になる。中イキを覚えたことで、彼女はセックスの虜になっていた。だから、少々仕事で疲れていても、津久井の誘いを断らない。

「ねえ、イキそうよっ！　わたしもう、イッちゃいそうっ！」

高い金を払って彼女に接客されている男たちは、誰もが例外なくこうすることを望んでいるはずだった。しかし現実には、誰も早苗を抱くことはできない。

抱けるのは自分だけだ……。

津久井は万感の思いを噛みしめながら腰を振る。この女を抱いて、イカせることができるのは、この俺だけだ。早苗は俺のものなのだ……。


ある日。

早苗が珍しく、早い時間から出かける準備を整えた。午後二過ぎだった。真夏の太陽は、まだいちばん高いところにある。

「今日はエステに行ってきます」

出がけに、そう言ってきた。

「お客さんからチケット貰ったんです。超高級店の。エステ自体が初体験だから、とっても楽しみ」

「そうか……よかったな」

津久井はノートパソコンを開き、シナリオを書くふりをしていたが、早苗がいなくなったらすぐに閉じようと思った。客からエステにご招待、大歓迎だった。これで今日は、真っ昼間から酒が飲める。

「でも、わたしだけ楽しむのは悪いから……」

早苗は財布を出し、一万円札をテーブルに置いた。

「たまには外で飲んできたら？　あんまり根をつめてると、体に悪いですよ」

「いや……」

津久井は苦笑した。こんなふうに、早苗から小遣いじみた金を渡されるのは初めてだった。生活費なら、それ用の財布にいつも数万円入っている。各種支払いや食材のほか、津久井が飲む酒もその金で買っていいことになっている。

「べつにいいよ、そんな気を遣わなくて……」

「いいじゃないですか、そのほうがわたしも気兼ねなくエステに行けるし……」

不自然な間があった。早苗は気まずげに眼を泳がせると、

「ごめんなさい。男の人に外で飲んできてって言って、一万円じゃ足りませんよね」

財布から、もう二枚、一万円札を抜いた。

「おいおい……」

「遠慮しないで、気晴らししてきてください。それじゃあ！」

軽やかに手を振って玄関に向かった早苗の背中を見送りながら、津久井は打ちのめされた

気分になった。

早苗に悪気はない。

それはわかっている。

しかし……。

しかしながら、この仕打ちはひどすぎる。

彼女は考えたことがあるのだろうか？

姪っ子のヒモじみた境遇に身をやつしていることで、この四十男がどれだけ深く傷ついているか……。

もちろん、働かないのはこちらが悪い。悪いに決まっている。

だが、あんまりだった。

こんな無神経な振る舞い、芽衣子にだってされたことがない。同じように生活の面倒を見てくれていても、芽衣子にはこちらのナイーブな神経を慮《おもんぱか》ってくれるやさしさがあった……。

2

そこまで言うなら外で飲んでやろうと思った。

夕刻まで自宅のリビングで飲み、下地をつくってから街に出た。

暑かった。

このところクーラーの利いている部屋にこもりきりだったので、熱気と湿気に眩暈《めまい》を起こしそうになった。

それほど食欲もなかったが、なにかスタミナがつくものでも食べようと大久保方面に歩きだす。無意識に歌舞伎町を避けたのは、早苗が働いている店があるからだろうか。溜息まじりの苦笑をもらし、焼肉屋が並んだ通りを進む。ひとりで焼肉を食べるというのは淋しいだろうか、それとも贅沢をしている気分に浸れるだろうか……。

ポケットには、剝きだしのまま三万円が入っていた。

早苗はいったいどういうつもりで、一万円出したあと、さらに二万円追加したのだろう？　よほどの高級店でないかぎり、一万円あれば焼肉でも寿司でも中華でも、たいていのものが食べられる。

まさか、キャバクラにでも飲みにいったらどうかという意味なのだろうか。だとしたら、どうかしている。気のまわしすぎだ。半年前まで、雪の積もった田舎町でグズグズしていた女をそんなふうに変えてしまうなんて、新宿歌舞伎町というのは本当に恐ろしいところだ。

「監督！」

呼ばれたのが自分だと、一瞬気づかなかった。後ろから女が小走りで駆けてきた。驚いたように眼を丸くして、まじまじと顔をのぞきこんでくる。

「津久井監督……ですよね？」

「ああ……」

津久井は彼女の顔をまじまじと眺め返し、破顔した。古い知人だった。

「知花か……久しぶりだな……」

杉浦知花、女優である。といっても、現役で活躍しているのかどうかは知らない。当時もそれほど売れていなかった。八年前、津久井が監督した二本目の劇映画作品の出演者だ。

「これからお食事ですか？」

「うん、まあ……そっちは？」

「友達と待ちあわせだったんですけど、ドタキャンされちゃって」

困った顔で溜息をつく。

間があった。知花は物欲しげな顔で、じっとこちらを見ている。昔から、感情がダダ漏れの女だったが、誘ってほしいのだろうな、と思った。

「じゃあ、そこらで一杯やるか？　こっちもひとりだから……」

「やった。勇気を振りしぼって、声かけてよかったです」

知花は満面の笑みで答えた。白いシャツにストレッチ素材の黒いパンツ。装いもメイクも控えめだったが、笑うとやはり華やぎがある。

表情の変化が、彼女の最大の魅力だった。コケティッシュな顔立ちで、すらりと背も高いから、すれ違いざまに振り返る男もいる。容姿だけならブレイクしてもおかしくなかったのに、まったく残念だ……。

韓国風居酒屋に入り、ビールで乾杯した。

「監督は、いまなにをなさってるんですか？」

「次回作準備中……と言いたいところだが、なかなかね……」

曖昧に笑って誤魔化す。

「そっちは？」

「わたしはもう、とっくに引退です」

「……うん」

「三年前に結婚しまして」

「……そうか」

「いまは派遣ＯＬで細々と……」

なんとも言えない空気になり、お互いに苦笑をもらしながらビールを飲んだ。古い友人に、冴えない現状を報告するのはつらい。普段は思いだすこともなくなってしまったが、津久井と知花は戦友のようなものだった。かつて同じ戦場で働いていた仲間が、敗走の果てにばったり顔を合わせたようなものだから、どちらの顔にも負け犬のみじめさが浮かんでいる。

八年前はお互いに勢いがあった。

是が非でもヒットさせてやる、売れてやる、ここから這いあがってやる——実績はなくても、情熱とハングリー精神だけは誰にも負けないつもりだった。根拠のない自信だけを胸に、世間と戦っていた。

津久井が監督した作品で、知花は準ヒロインだった。テーマがエロと暴力の映画である。裸は必須だったが、彼女が出してきた条件はバストトップNGだった。なに甘いことを言っていると、津久井は全力で説得した。知花は事務所の反対を押しきって応えてくれた。腹の据わり方はなかなかのものだった。AVにも負けないハードな濡れ場をこなし、文句はいっさい言わなかった。

当時、二十五歳。

頑張ってくれたぶん、その後の飛躍を祈っていたが、そうはならなかった。エロと暴力の映画で頑張りすぎてしまったおかげで、そういう色がついてしまった。申し訳ないことをした、と津久井は思っていた。運動神経がよく、殺陣やアクションの勉強もしていたので、子供向けの戦隊ものや美少女剣士ものなどぴったりだと思っていたのに、津久井の映画に出演したことが黒歴史となってそれを阻《はば》んでしまったのである。

「しかしまあ、キミみたいな美人と結婚できた男は幸せだな」

津久井は少しでも明るい話題を求めて言った。

「相手はどういう人？」

「普通ですよ。普通のサラリーマン」

つまらなそうな言い方が気になった。

「子供は？」

「いません」

知花は「はーっ」と大きく息を吐きだしてから、自嘲気味に笑った。

「正直、あんまりうまくいってなくて……」

「ダンナさんと？」

「はい」

まだ酔うほど飲んでいないのに、表情がやさぐれてくる。三十路を越えたせいか、若いころにはなかった陰があった。悪くなかった。アンニュイというかミステリアスというか、その陰が浮かんだ感じが得も言われぬ魅力となって、津久井の視線を惹きつけた。

　とはいえ、そんなふうに褒めたところで、彼女は喜ばないだろう。

「まあ、夫婦なんてものはさ、どこだって大なり小なり問題を抱えてるものだからさ。あんまりシリアスに悩まないほうがいいぜ」

「……適当なこと言わないでください」

　睨まれた。

「まあまあ……」

　津久井は苦笑をもらし、店員を呼んだ。ふたりともビールのジョッキが空になりかけていた。

「俺は酒にするけど」

「同じものをお願いします」

　冷酒を注文し、運ばれてくるとお互いに黙って飲んだ。嫌な予感がした。元とはいえ、知花は女優だった。言葉に頼らず感情を伝える訓練を積んでいる。そうするつもりがなくても、ネガティブな感情が伝わってきてしまう。頬が小刻みに震えている。爆発の予兆だ。不意に、大粒の涙が頬を伝った。

「ごめんなさい……」

知花が指先で涙を拭う。

「なんか……久しぶりに監督に会ったら、自分のいいときのことを思いだしちゃって……」

つまり、いまはよほど悪い状況ということらしい。

「結婚なんかしなければよかったって、つくづく思います。うちの夫、病気なんです。どうしてもギャンブルがやめられない、心の病。生活費も、わたしのお給料も、わたしの貯金も全部使って、そのうえまた、借金ばっかりして……」

「……そうか」

津久井はそれ以上なにも言えなかった。ありがちな話だったが、ありがちな悩みだと指摘して救われる当事者などいない。

「わたしが悪いんですけどね……夫と知りあったのは三年前、三十歳のときでした。女優の仕事は年々少なくなっていって、あってもエキストラに毛が生えたような端役ばっかりで、このままましがみついててもどうにもならないだろうなってことが、いよいよはっきりしてきたときでした。昔から三十までは頑張ろうって思ってたから、実際になったときはけっこう落ちこんで、どうしようってオロオロするばっかりで……そんなときに、目の前に現れたのが夫だったんです。『もう充分頑張ったんだから、そろそろ潮時にしてもいいんじゃない？』なんてやさしく言われて……『普通の家庭を築いて、普通に幸せになるのも悪くないよ』なんて……コロッと騙されちゃいました。蓋を開けてみたら、全然普通じゃありませんでしたから。あの人の頭の中は、競艇とかパチンコとか麻雀のことばっかりなんです。わたしの頭の中は借金ばっかり。またわたしに隠れてどこかで借りてるんじゃないかって、心が安まる暇がない……」

話しながら、知花は大粒の涙を流しつづけた。店員が怪訝《けげん》な顔を向けてきたが、津久井は眼顔で詫びた。意図を汲んでくれ、放っておいてくれた。

助かった。

爆発させたい感情があるなら、爆発させてしまったほうがいい。

日常では自分の中に抑えこんでおくしかなくても、久しぶりに会った人間になら言えるということもあるだろう。ましてや、津久井と知花は、店を出て別れれば、再び偶然再会するまで会う予定もない間柄である。ここでガス抜きできて、少しでも気がまぎれてくれれば、それに越したことはない。

3

そのラブホテルの部屋は、ずいぶんと猥雑感にあふれていた。

ワインレッドのカーペット、同色の壁、天井からはシャンデリア、部屋の隅には不気味な光を放つ大人のオモチャの自動販売機、ふたりで座ると体が密着する超ミニサイズのラブソファ、どういうわけか古ぼけたパチンコ台やピンボールマシンまで置いてあり、部屋の中心に鎮座している巨大なベッドは円形で、半周をぐるりと取り囲むように鏡が張られていた。

「なんだかすさまじいところだな……」

津久井は苦笑した。見た目のインパクトが絶大なら、鼻腔をくすぐる匂いにも独特なものがあった。黴《かび》くさい部屋だと最初は思ったが、この密室で情を交わした男女の淫臭がしみこんでいるのだ。二十年、三十年、四十年、あるいはそれ以上、ここを訪れた者たちの目的は、セックス、セックス、セックス、ただそれだけだったのである。

津久井がベッドに腰をおろすと、

「……ごめんなさい」

知花は立ったまま深々と頭をさげた。

「いや、いいから……とりあえず座れば？」

知花は動かなかった。泣き腫らした眼が無残に腫れていた。それでも、とりあえず落ち着いてくれたならそれでいい。

韓国風居酒屋で、知花は延々と泣きつづけた。やがて嗚咽までもらしはじめたのでさすがに居づらくなり、店を出ると号泣が始まった。女優を引退したとはいえ、道行く男を振り返らせる美貌をまだ保っている彼女だったが、容姿ではなく泣き声で人々を振り返らせた。

少女のように泣きじゃくり、歩くのもままならない状態ですがりついてくるから、津久井はしかたなく、彼女を引きずるようにして路地裏に入った。背中をさすってやると号泣はおさまってきたが、感情の乱れはいかんともしがたいようで、タクシーの後部座席に押しこんで手を振るのは、さすがに冷たすぎる気がした。

「ちょっと休んでいくか？」

目の前に、ラブホテルの看板がひっそりと灯っていた。

「そんな顔じゃ、帰れないだろう。顔洗って、化粧を直したほうがいい」

知花は黙ってついてきた。

誓って言うが、津久井に下心はなかった。この装飾過多な密室を訪れた人間で、セックスする気がないのは自分くらいだろうと思った。

しかし……。

知花は立ったまま、シャツのボタンをはずしはじめた。前を割り、ベージュのブラジャーを露わにして、袖を抜いていく。

「おい……」

津久井は困惑に声を上ずらせた。

「なにをしてるんだ？　シャワーを浴びるなら、バスルームに行ってから脱げよ」

知花は応えないまま、ズボンも脱いでしまう。ベージュのショーツが股間にぴっちりと食いこんでいるのが見える。

「頼むよ……」

弱りきっている津久井をよそに、知花はブラジャーをはずし、ショーツも脚から抜いてしまった。一糸纏わぬ裸身になって、津久井の正面で立ちすくんだ。小ぶりの乳房も、南国の花のように赤い乳首も、優美な小判形をした草むらまで、なにもかも見せつけてくる。

彼女のヌードなら、何度も見たことがあった。

八年前、映画の撮影のときだ。なにしろハードな濡れ場が売りの作品だった。劇映画なので、ＡＶのように本番行為をするわけではなかったが、知花は前貼りもしないで現場に挑んだ。美しく、激しく、紅蓮《ぐれん》の炎が燃えあがるような、圧巻の演技を披露してくれた。

当時は二十五歳、いまよりちょっと痩せていた。すらりとしたスタイルをしているように見えても、裸になるとやはり、その頃より脂がのっている印象があった。それが濃密な色香となり、若いころよりもずっといやらしい。考えてみれば、彼女も人妻だった。いまは夫とうまくいっていないようだが、新婚時代は寝る間も惜しんで腰を振りあっていたのかもしれない。

「服を着てくれ……」

津久井は力なく首を振りながら言った。

「ダンナとうまくいかないから、自棄《やけ》になってゆきずりのセックス……そんなのキミらしくないぜ」

知花が唇を嚙みしめる。

「服を着るんだ」

「抱いてくれなくてもいいです……そんなこと思ってません……」

知花は震える声を絞りだすように言った。津久井の脇を抜けてベッドにあがった。こちらに尻を向けて、四つん這いになった。

「お仕置きしてくださいっ……お尻を叩いてっ……ダメなわたしを、お仕置きしてください、監督っ！」

津久井は返す言葉を失った。

時間が巻き戻っていく。

八年前の撮影現場で、「おまえ、今度NG出したらお仕置きだぞ」とよく言っていた。それまでのキャリアでいちばん大きな役をつかみ、脱ぎもあったから、知花はクランクイン直後、見ているほうがつらくなるくらい緊張していたのだ。リラックスさせるために、あらゆることをした。「そんなにお仕置きされたいのか」と、首を絞める真似をしたり、尻を叩いたこともある。セクハラみたいなものだが、映画という非日常的な祝祭空間では、そういうきわどいコミュニケーションが必要なときもあるのだ。

だがもちろん、尻を叩くといっても、衣装の上から軽くだった。野球のバッティングコーチが、打席に向かう選手を送りだすような所作である。

「お仕置きしてっ……お仕置きしてください、監督っ！」

知花が尻を振りたてる。全裸で四つん這いになり、尻を突きだしているのだから、桃割れの間もチラチラ見えている。間接照明のおかげではっきりは見えなかったが、尻の穴から女の割れ目、それを縁取る繊毛まで、なにもかもさらけだしているのである。

馬鹿な真似はよせ、とはとても言えなかった。笑い飛ばすにしては、知花の声と態度は、あまりにも切羽つまっていた。

「お尻を叩いてくださいっ……泣くまで叩いて、監督っ……わたし、ダメな女なんですっ……女優の道が行きづまったら結婚に逃げて、結婚生活がつらくなってきたら、今度はっ……わたし、本当は今日、歌舞伎町のホストクラブに行くところだったんですっ……お金を払ってちやほやしてもらいにっ……ギャンブルばっかりしてる夫も最低ですけど、わたしだって似たようなものでっ……今日、監督にばったり会って、我に返りました。ホストにはまだ嵌まりはじめたばかりですけど、このままだったら地獄に堕ちるってっ……そんなのわかってることじゃないですかっ……女から身ぐるみ剝いで地獄に堕とすのが、ホストっていう仕事なんですよっ……でも、嵌まりかけていたっ……自分から進んで、人生をＮＧにしようとしていたっ……もうやだっ！」

四つん這いのままさめざめと涙を流す知花を眺めながら、津久井は呆然とするしかなかった。

彼女が路上でいきなり取り乱し、号泣しはじめた理由が、ようやくわかった。夫のギャンブル狂いだけが、原因ではなかったのだ。津久井と再会して昔のまっすぐだった自分を思いだして恥ずかしくなり、嘘で誤魔化そうとしても自己嫌悪にまみれていくばかりで、理性を保っていられなくなったのだ。

苦しいに違いない。

たとえ自分が悪くても、ダメな自分と向きあうのがつらくない人間などいるはずがない。

津久井は知花に借りがあった。自分の作品で裸になってくれと説得したとき、今後のキャリアに絶対にプラスになるはずだと力説した。結果はそうならなかった。プラスになるどころか、彼女の女優人生を躓《つまず》かせてしまった。もちろん、津久井だけに責任があるわけではないだろうが、借りは借りだ。

「……お仕置きすればいいんだな？」

言いながら、ベッドにあがった。敗戦処理のマウンドにのぼる、ロートルピッチャーの気分だった。

「えっ……」

知花が泣き顔で振り返る。

「尻を叩いてほしいんだろう？」

津久井は息を呑み、知花のヒップに手を伸ばしていった。

知花がビクンとする。哀願したものの、まさか応えてくれるとは思っていなかったのかもしれない。あるいは、応えてくれるかくれないか、五分五分のまま挑んだ、捨て身のパフォーマンスだったのか。

津久井は泣き顔の知花を睨《ね》めつけながら、丸みを帯びた尻のカーブを手のひらで吸いとるように撫でまわした。

全体はスレンダーなのに、尻だけは妙に豊満なスタイルだった。そのアンバランスさが、艶を生み、エロスを放出している。尻は大きめでも腰は引き締まっているので、ウエストからヒップに流れるカーブが息を呑むほどセクシーだ。

これだけ尻の肉が分厚ければ、相当強く叩いても骨までは響かないだろう。

津久井にスパンキングプレイの経験はなかった。女に手をあげたこともなければ、SMに軽い好奇心以上の関心ももっていなかった。

だが、借りを返すためなら、鬼にでもなろう。中途半端は絶対にダメだ。やるのなら、徹底的にやらなければ……。

「遠慮はしないぞ」

「……はい」

知花が前を向く。正面も横も鏡だった。円形のベッドの半周は、鏡張りになっているのだ。

「いくぞ……」

津久井は「はーっ」と右の手のひらに息を吹きかけてから、腕を振りかぶった。容赦なく平手を振りおろし、スパーンッ、と尻丘を打った。

「あううっ！」

知花が悲鳴をあげて身をよじる。いやらしい、と思ってしまった。性的なプレイではないはずなのに、津久井の中に疼くものがあった。

スパーンッ、スパパーンッ、左右の手のひらを使って、続けざまに平手を打ちおろす。

「あううっ！　あうううーっ！」

四つん這いの身がくねり、小刻みに震えだす。痛みと衝撃と熱が、震えを起こさせている。津久井の体も震えていた。熱くなった手のひらが、たしかに暴力を振るっていることを知らせてくる。ひどいことをしている気がする。だがそれは、彼女自身が望んだことだ。

スパーンッ、スパーンッ、さらに打った。津久井は、自分が性的な興奮を覚えていることを誤魔化せなくなった。ただ尻を叩いているだけなのに、ズボンの中で痛いくらいに勃起している。いままで味わったことのない異様な興奮が、たしかに体の中で暴れだしている。

スパーンッ、スパーンッ、さらに叩く。手のひらがジンジン疼き、知花の尻丘は左右とも赤く腫れあがってきている。

「……もういいか？」

呼吸を整えながら訊ねると、

「まだです……」

知花は髪を掻きあげ、鏡越しにこちらを見てきた。

「まだ……まだまだ全然足りません……もっと叩いてください……わたしが泣いても、許さないで……」

「そうか……」

津久井は太く息を吐きだした。リミッターを切られた気がした。

「じゃあ、十回連続で叩く」

スパーンッ、スパパーンッ、と叩きはじめた。一、二、三、と心の中で数えながら、左右の手のひらを交互に飛ばす。決して流すことなく、一打一打に渾身の力をこめて、打ちおろしていく。

「ひいいっ！　ひいいいいーっ！」

知花の悲鳴が変わった。さすがにこたえているらしい。だが、津久井も容赦はしない。腕も抜けよとばかりに打ちのめす。顔に脂汗が浮かんでくる。手のひらが燃えるように熱い。

ようやく十回打ちおわり、知花がとめていた息を吐きだしたが、

「よーし、もう十回」

津久井はすぐさま、スパンキングを再開した。

「ひいいいーっ！　ひいいいいいーっ！」

知花の声音が変わった。おかげで津久井は、さらに吹っ切れた。

「尻を突きだすんだっ！」

怒声をあげ、唸りをあげて腕を振りおろす。手のひらが尻丘にヒットした瞬間、腕まで衝

撃が響いてくる。となると、知花の味わっている痛みはいかばかりか。尻を引っこめようとするのも、致し方ないのか。

「尻を突きだせと言っているんだっ！　自分が望んだことだろうっ！　お仕置きしてくださいってお願いしたのは、誰なんだっ！」

「ひいいいーっ！　ひいいいいーっ！」

知花が泣きじゃくりはじめる。うつ伏せで倒れてしまうが許さない。腰をつかんで膝を立てさせる。

「逃げたら、こっちを叩くぞ」

柔らかな内腿をひと撫ですると、知花の体にビクンと緊張が走った。

「よーし、もう十回っ！」

「ひいいいいーっ！」

「もっと泣けっ！　もっと叫べっ！」

腕を振りおろしている自分が、鏡に映っていた。真っ赤に上気した顔に脂汗を垂らし、眼を吊りあげたその姿は、まさに鬼だった。怒声をあげたことで、自分を制御することができなくなっていた。

「もっと泣けっ！　喉が裂けるほど泣いてみろっ！」

「ひいいいいーっ！　ひいいいいいいいいーっ！」

ほとんど人間離れした知花の悲鳴が、猥雑なラブホテルの中にこだました。

4

お互いに肩で息をしていた。

さすがに三十発連続スパンキングはきつかった。軽く叩くだけならどうということもないだろうが、津久井は一打一打に力をこめた。しっかりと振りかぶって打ちのめした。

知花の左右の尻丘は赤々と腫れあがり、しばらくは椅子に座るのも大変そうだった。にもかかわらず、尻を突きだしたままの体勢を保っているところが健気だった。無残に腫れた尻をプルプルと震わせながら、両手を伸ばして上半身をべったりとベッドにつけていた。顔は髪に隠れて見えなかったが、涙でぐしゃぐしゃになっていることは間違いなかった。

お仕置きなら、これで充分だろう。

知花がなにを思っていきなり全裸になり、尻を叩いてほしいと哀願してきたのか、それは彼女にしかわからない。しかし、津久井は期待以上の仕事をしたはずだった。ひと休みしたら服を着けさせ、駅まで送ってやればいい……。

できそうもなかった。

ズボンの中で勃起しきった男根が、そうはさせてくれなかった。

先ほど、内腿を触ったとき、ある異変を感じていた。もう一度触ってみた。ぐっしょり濡れていた。汗ではない。発情の証拠である獣じみた匂いのする粘液が、内腿までしたたってきていたのである。

「……これはどういうことなんだ？」

津久井は低く声を絞った。

「どうして濡らしてる？　泣きじゃくるくらい尻を叩かれているのに、なぜ……」

知花が髪を掻きあげ、振り返った。

「……ごめんなさい」

「謝れと言ってるんじゃない。濡れている理由を訊いている」

知花は真っ赤に紅潮し、涙と汗にまみれた顔をピクピクと痙攣させるばかりで、言葉を返してくることができない。

「マゾなのか？」

津久井は眉をひそめた。

「尻を叩かれたら興奮する、そういうタチだったのか？」

「……違うと思います」

知花は唇を震わせながら、涙声で言った。

「こんなことされたの、初めてだし……」

「本当か？」

「信じてください……」

「じゃあなぜこんなに濡らしてるんだ？」

津久井は知花の体を裏返した。四つん這いからあお向けに倒し、両膝をつかんでM字開脚に押さえこんだ。

「いっ、いやっ！」

あられもない格好にされた知花は、焦って股間を隠そうとしたが、津久井は許さなかった。左右の手首をつかまえ、肘《ひじ》を使ってM字開脚を保った。眼と鼻の先に、知花の花が咲いていた。恥毛が生えているのは小高い丘の上だけで、性器のまわりはほぼ無毛だった。

おかげで、アーモンドピンクの花がよく見えた。縮れの少ない可愛らしい花びらが、わずかに合わせ目を開いて蜜を漏らしていた。行儀よく口を閉じていればさぞや慎ましい眺めだったろうに、ほんの少し口を開いているだけでだらしなく見えた。そのだらしなさこそが、エロスだった。尻を叩かれながらだらしなく下の口を開いて蜜を漏らしてしまう、いやらしすぎる女が知花だった。

「みっ、見ないでくださいっ！」

知花は真っ赤な顔をそむけて言ったが、見ないわけにいくはずがなかった。犯すように這うまなざしで、むさぼり眺めてやった。奥までのぞきこみたかったが、あいにく両手が塞がっている。

舌を伸ばすしかなかった。紅潮した顔をこれ以上なくこわばらせている知花をチラチラと見上げながら、舌先で合わせ目をツツーッとなぞる。

「くっ、くぅううっ！」

知花は首に筋を浮かべてのけぞった。ガクガクと腰を震わせ、淫らなほど太腿を波打たせた。

垂涎の光景だった。ツツーッ、ツツーッ、と合わせ目を舐めあげてやれば、つやつやと濡れ光る薄桃色の粘膜が恥ずかしげに顔をのぞかせた。薔薇《ばら》の蕾のように渦を巻いた肉ひだが、ひくひくと息づくたびに蜜を漏らしている。唇を押しつけ、じゅるっと吸うと、

「くぅううーっ！」

知花は弓なりに背中をのけぞらせた。感度がいいのは、夫とセックスレスで欲求不満だからか。あるいは、生まれて初めて経験したスパンキングプレイで、思いもよらない性感が開

花してしまったのか。

気がつけば津久井は、夢中になって舌を使っていた。花びらの裏表を隈無く舐めまわし、浅瀬にヌプヌプと舌先を差しこみ、クリトリスをねちっこく舐め転がしていた。

「ああっ、いやあっ……あああっ、いやあああっ……」

知花がいやらしいくらいに身をよじる。あれほど尻を叩いたのだ。痛くないはずがないのに、そんなことは忘れたように股間を上下に跳ねあげる。

たまらなかった。

知花のクリトリスは大きめで、包皮を剝ききってツンツンに尖りきり、舐め甲斐があった。いくらでも舐めていられそうだった。唇を押しつけて唾液ごと吸ってやれば、ひいひいと喉を絞ってよがり泣いた。

「おっ、お願いします、監督っ……」

知花が切羽つまった声をあげる。

「そんなにしたら、イッちゃいますっ……だからっ……だからっ……」

津久井はうなずいた。

どうせイクなら、舌ではないところでイキたいらしい。

異論はなかった。

素早く服を脱ぎ、一気にブリーフまで脚から抜いた。勃起しきった男根が唸りをあげて反り返り、湿った音をたてて下腹を叩く。尋常でないほど大量に漏らした我慢汁のせいで、亀頭全体がテラテラした光沢を放っている。

「いくぞ……」

両脚の間に腰をすべりこませ、切っ先を花園にあてがった。

知花が息を呑んで眼を閉じる。祈るようなその表情を眺めながら、津久井は腰を前に送りだしていく。

知花の中は、煮えたぎるように熱くなっていた。ずぶずぶと貫いていくと、火が乗りうつったように全身が熱くなった。

だが、津久井だって負けてはいない。火柱のような男根で、いきなりフルピッチのピストン運動を送りこんでやる。

「はっ、はぁあああーっ！」

知花が白い喉を見せてのけぞり、ジタバタと動く。津久井はその両手を取って、指を交互にからめあわせた。そのまま彼女の両膝をつかみ、上体を起こしたまま腰を振る。知花の両脚をM字にぐいぐい割りひろげながら、その中心に怒濤の連打を送りこんでいく。

素晴らしい眺めだった。

映画では撮ることが不可能だった、どぎつい光景が目の前にひろがっている。スクリーンを飾った彼女は、二十五歳の若さとは思えないくらい妖艶で、エロスの化身と呼んでも過言ではない存在感を示した。

しかしいまは、身も蓋もなく発情している。女の割れ目に男根を突っこまれ、ずぼずぼと出し入れされているにもかかわらず、羞じらうこともできずにあえぎにあえぐ。

「ああっ、いいっ！　いいいいいーっ！」

髪を振り乱し、乳房を揺らし、ただ一匹の牝になっていく。発情の汗を大量にかき、顔だけではなく、全身の素肌という素肌を生々しいピンク色に染めていく。眉間《みけん》に深々と縦皺を刻み、長い睫毛を震わせる。閉じることのできなくなった唇から、絶え間なく淫らな悲鳴を撒き散らす。

「……イッ、イクッ！」

ビクンッ、ビクンッ、と腰を跳ねさせて、知花が絶頂に達した。イク直前の、火を噴きそうなほど真っ赤に染めた顔が見ものだった。

おかげで、彼女がイキきっても、小休止を与えてやることができなくなった。津久井もまた、ただ一匹の牡になっていた。余韻の痙攣に震えている女体に、フルピッチの連打を送りこんだ。このまま一気に、射精まで突っ走ってやるつもりだった。

5

午前五時少し前――。

歌舞伎町はそろそろ夜明けを迎えようとしていた。空が白みはじめる直前の群青色《ぐんじょう》の空に、カラスの鳴き声がこだましている。

自宅に向かってひとり歩いている津久井の願いは、ただひとつだった。ベッドにもぐりこむまで、夜が明けてしまわないでほしい。疲れきったこの体を、夜のうちに休ませてやりたい。

精根尽き果てて、息絶えだえだった。いまは泥のように眠ること以外、なにも考えたくない。

それでも考えてしまう。

饐《す》えた臭いのするアスファルトを一歩一歩踏みしめるように歩きながら、自分はいったいなにをやっているのだろうと思わずにはいられない。

ついさっきまで、セックスに没頭していた。一度目の情交が終わっても知花の体を放せなくなり、それは彼女も同じだったようで、身を寄せあっているうちに終電の時間を過ぎてしまった。

「監督はどちらにお住まいなんですか？」

「すぐ近くだよ。歩いて十分くらいか」

「わたしけっこう遠いんです。タクシーだと一万円近くしちゃうかも。始発までここで時間を潰します。だから、監督は先に帰ってください」

そんなことを言われて、すんなり帰れるわけがなかった。今夜はずっと一緒にいてほしいと、知花の顔には書いてあった。

早苗にメールを打つことにした。

——古い友達と飲みはじめて、終電逃しちまった。始発で帰る。申し訳ない。

仕事中にもかかわらず、すぐにレスがきた。

——わかりました！　楽しんできてください！

知花は知花で、夫にメールを送っていた。内容はわからないが、要するに嘘だ。本当のことなど書けるわけがない。

お互い、胸に渦巻く罪悪感を誤魔化すように、再び求めあった。スパンキングはもうしなかった。シックスナインで延々と性器を舐めあい、正常位や騎乗位で腰を振りあった。知花が絶頂に達し、津久井が射精をしても、セックスは終わらなかった。

はずんでいた呼吸が整うと、知花は男女の体液でネトネトになったペニスを口唇に咥え、丁寧に舐めてくれた。お掃除フェラというやつだ。萎《な》えたペニスを舐められるのはくすぐったかったが、知花のやさしさが嬉しくて、津久井は為すがままになっていた。射精を遂げたばかりだというのにやがてペニスがむくむくと大きくなっていき、女を愛せる形になる。そうなればお返しがしたくなって、お掃除フェラからシックスナインへと移行していく。そんなふうにして、始発までセックス一色の時間を過ごしたのだった。

愛とか、恋とか、そういう感情が働いたわけではない。欲望はもちろんあったのだが、それだけであそこまでセックスに没頭できるとは思えない。休憩を挟みながら、津久井は三度の射精を果たし、知花はその倍以上のオルガスムスを嚙みしめた。愛や恋や欲望より、切実ななにかがあったのだ。お互いの体をむさぼることでしか癒やされない、孤独な魂をふたりとも抱えていた。

もちろん、セックスが孤独を癒やせるのは、行為の最中だけだ。終わってしまえば、救いがたい虚しさが押し寄せてくる。

何度でも勃起し、射精を求める体力や精力が欲しいと思う。むろん、叶わぬ夢だ。ましてやこちらは、すでに四十路。エネルギーの限界が訪れ、気怠さだけに心身を支配されるときがやってくる。人影が絶え、熱狂の残滓《ざんし》さえ風に吹かれてしまった早朝の歌舞伎町のように、心にぽっかりと穴が空く。

自宅マンションに着いた。

幸いなことに、空はまだ白みはじめていなかった。少しだけ安堵した気分でエレベーターに乗りこみ、部屋の前まで来たときだった。

鍵を差しこもうとする手を払いのけるように、ドアが開いた。驚いて後退ると、若い男が出てきた。一見して夜の住人とわかる風体をしていた。

「お父さん！」

男の口から飛びだした言葉に、津久井はのけぞりそうになった。

「お父さんですよね、早苗さんの……」

一緒に住んでいる男は父親だと言え、と早苗に言ったことはあった。だがそれを、第三者に言われたのは初めてだった。

「自分、早苗さんが働いている店の店長してる、カネダって者です。早苗さん、今夜はちょっと飲みすぎたみたいなので、送ってきました」

妙に馴れなれしい笑顔が不快だった。呆然と立ちすくんでいる津久井に一礼を残し、カネダはそそくさとその場から去っていった。

いったいどういうことなのだろう……。

接客で飲みすぎて送ってきたのなら、この時間は遅すぎる。早苗の働いている店は、午前二時にはクローズになるからだ。

何度か深呼吸をしてから、ドアを開けて部屋の中に入った。飲みすぎて店長に送られてきたはずのナンバーワンキャバクラ嬢は、清掃用ワイパーを持ってリビングの床を磨いていた。

異様な光景だった。早苗は真っ赤なドレス姿だった。彼女は普段、掃除などしない。彼女が生活費をすべて受けもつことになって以来、自然と家事は津久井の担当になっていた。それがドレス姿のまま、こんな早朝に掃除なんて……。

「おかえりなさい」

早苗が笑顔を向けてくる。いまほどカネダに浴びせられた笑顔と、同じ種類のものだった。当然、不快になった。いや、腹の底から憤怒がこみあげてきた。

「たまにはわたしも、掃除くらいしようって思って……お友達との飲み会、楽しかったですか？」

津久井は無言でソファに腰をおろした。早苗はムキになって、ワイパーで床をこすっている。平静を装っていても、内心で焦っているのがはっきりわかった。そわそわと落ち着かず、視線が定まっていない。

「大人になったってことか……」

津久井は静かに声を絞った。

「なんのことですか？」

早苗が横顔を向けたまま言う。

「人を裏切れるのは、大人になった証拠だよ……」

虚勢だった。女を寝取られて、あわてふためくみっともない男になりたくなかった。

「いや、そんなことを言いだしたら、キミは東京に出てきたときから、大人だったってことになるか。両親をはじめ、いろいろな人を裏切って……」

「なんのことだか……」

早苗は曖昧に笑いながら首をかしげた。

「玄関の前で、カネダって男に会った」

さすがに顔色が変わる。

「勘違いしないでください」

掃除の手をとめ、こちらに顔を向けてきた。

「あの人はお店の店長で、わたし今日、ちょっと酔いすぎてしまったんで、送ってもらっただけなんです……」

口裏も、しっかり合わせてあるらしい。

だが、津久井にはどうでもいいことだった。言葉などどうでもいい。確たる証拠もいらない。ソファから立ちあがり、早苗を抱きしめた。早苗は驚いて眼を丸くした。津久井は強引に唇を重ね、舌を吸いたてた。赤いドレスに包まれた尻の双丘を両手でつかみ、したたかに揉みしだいた。ビロードのような生地越しに、尻肉の感触がやけに生々しく手指に届いた。Tバックショーツなのか、あるいは穿いていないのか……。

「……ご、ごめんなさい」

早苗がキスを振りほどく。

「今日はわたし、疲れてるから……」

「疲れてるのに、掃除してたのか？」

真っ赤になって顔をそむけた。

「疲れてるのは、オマンコだろ？　あの男のチンポを咥えこんでた」

キッ、と早苗が睨んでくる。だが、言葉は返せない。彼女の顔はますます赤くなっていくばかりだ。

これ以上、口論の必要はなかった。津久井は早苗をソファに押し倒し、ドレスの裾をまくった。予想通り、ストッキングもショーツも着けていなかった。黒々とした草むらが眼に飛びこんできた。

髪を染め、化粧を覚えても、ここだけはまだ、田舎娘のままだった。処理を知らない剛毛の奥から、獣じみた匂いが漂ってきた。牡とまぐわうときに牝が放つ芳香が、たしかに津久井の鼻腔をくすぐってきた。

「やっ、やめてくださいっ……」

両脚をひろげると、早苗はいやいやと首を振った。やめるわけにはいかなかった。知花を相手に、三度も射精したばかりだった。勃起することはないだろうが、舌は動く。指もある。勝手知ったるこの体なら、イチモツを使わなくてもイカせることができる。

濃密な黒毛を掻き分け、掻き分け、アーモンドピンクの花を露わにした。花びらは不躾《ぶしつけ》なほど口を開き、涎《よだれ》さえ垂らしていた。合わせ目の上端に眼をやると、クリトリスはすでに、包皮から半分ほど顔をのぞかせていた。

「あううっ！」

クリトリスを舐め転がしてやると、早苗は二十歳という若さにそぐわないほど、艶やかな声をあげた。苦悶の表情を浮かべていても、体は反応してしまう。いまのいままで間男と盛っていた彼女の体は、敏感になっている。間男に抱かれたばかりなのに、同居人にも抱かれる女の気持ちはいかばかりか、それは想像してみるしかない。

あんがい興奮するのではないだろうか。

他人の肉棒を咥えこんでいた場所を、津久井は躊躇《ためら》うことなく舐めまわした。いつもより丁寧に、情熱をこめて、みっちりと舌を這わせた。それくらいのことは、なんでもなかった。この手で処女を奪い、女の悦びを教えこんだ体である。たった一度の浮気より、津久井の舌のほうが快感を得やすいはずだ。

「ああっ、いやあっ……いやあああっ……」

早苗はオルガスムスの前兆に震えはじめた。早くもイキそうだった。イカせてやろうと思った。たっぷり、何度でも、絶頂を嚙みしめさせてやる。

体はヘトヘトに疲れきっているのに、情熱がこみあげてくる。暗い情熱だ。そうでもしなければ安らかな眠りにつけそうにないという、やりきれない諦観《ていかん》の混じった劣情に、津久井は体を突き動かされていた。

第四章　宴に舞う

1

眼を覚ましたら、午後六時だった。

寝たのが午前九時だから、睡眠時間は九時間の計算だ。充分足りているはずなのに、疲れは抜けきっていなかった。全身が軽い筋肉痛で、ベッドから抜けだすのにいつもの倍以上の時間がかかった。心のダメージはそれ以上で、水を飲んでも、顔を洗っても、まるですっきりしない。熱いシャワーでも浴びれば少しはマシになるかもしれなかったが、そんな気力はどこにもない。ソファに腰をおろすと、根が生えたように体が動かなくなった。

「あのう……」

早苗がクローゼットとして使っている部屋から出てきた。黒いロングドレスを着ている。

明るい色が好きな彼女なので、珍しいことだった。大人びた装いが、表情に色香を与えていた。

「わたし……お店に行きます……」

眼をそらしたまま気まずげに言い、玄関に向かった。

津久井は重い体を立ちあがらせて、追いかけた。ハイヒールを履きおえた早苗を見て、まぶしげに眼を細めた。

「もう気にしてないからね。全部水に流すから」

笑顔で言うと、早苗も笑った。頰がひきつりきっていて、泣き笑いのようなおかしな笑顔になった。

「行ってきます」

「気をつけて」

ドアが閉まるまで、見送った。余裕の笑顔は、すぐに消えた。胸がざわめいて、気分がひどく落ち着かなかった。部屋にひとり取り残されたことが耐えがたく、シャツを替え、ジーパンを穿いて外に出た。

街はこれから始まる宴に向けて、活気づいていた。すでに宴に突入している人たちが、路上で酒くさい息を吐いている。人混みを避けて、路地裏に入った。午後八時オープンのはずの眞美の店に、灯《あか》りがついていた。扉を開けて入った。ママは大画面の液晶テレビで、いつものようにプロ野球の試合を見ていた。セ・リーグとパ・リーグの交流戦のようだったが、津久井に興味はない。

「スコッチ、ダブルでちょうだい」

眞美はなにか言いたげな顔で立ちあがったが、黙って酒をつくった。話しかけづらいオーラが出ていたのだろう。実際、しばらく放っておいてもらいたかった。元ヤンキーのママは、そういう人心を読む術《すべ》に長《た》けていた。ショット売りの店にもかかわらず、スコッチのボトルとアイスペールをカウンターに出して、定位置の椅子に戻った。

津久井は心の中で両手を合わせながら飲んだ。ママのつくってくれたオン・ザ・ロックスを一気に呷《あお》り、ボトルの酒を注ぎだした。こういうのを酒に逃げるというのだろうな、と思った。思っても飲む以外にどうしようもなかった。

野球の実況中継が騒々しかった。スーパースターがホームランを打ち、試合をひっくり返したらしい。

酔うほどに、その声が遠くなっていった。セ・リーグとパ・リーグではなく、男と女の修羅場が、じわり、じわり、と脳裏に再現されていく。

今朝方──。

真っ赤なドレス姿の早苗に、津久井は執拗にクンニリングスを施した。イカせてやろうと思った。イキまくらせて、ひいひい言わせてやろうと思った。だが実際は、その逆のことをしたのだった。

包皮をすっかり剝ききっているクリトリスを、ねちねち、ねちねち、しつこく舐めて、早苗がイキそうになると舌を離した。最初、早苗はなにをされているのかわからなかったようだ。しばらくすれば、平然とクンニリングスが再開されるからだ。

「ああっ、すごいっ……すごいいいっ……イッちゃいそうっ……わたし、イッちゃいますっ……」

浮気の事実も忘れ、早苗は肉の悦びに溺れていった。淫らに顔を蕩《とろ》けさせ、潤んだ瞳で媚《こ》びるように見つめてきた。

だが、イカせてやらなかった。オルガスムスが迫ってくると、クリトリスから舌を離した。あるいは四つん這いにして、指でGスポットをえぐった。同時に尻の穴を舐めまわし、クリトリスもいじってやった。

「ああっ、いいっ！　いいいいいいーっ！」

早苗は半狂乱になってあえぎにあえいだが、ゴールテープを切ることはできない。今度は立たせた。姿見の前に連れていき、正面を向かせた。津久井は後ろから彼女を抱える体勢でドレスの裾をまくり、指先でクリトリスをねちっこく撫で転がした。

「ねっ、ねえっ……」

体中を小刻みに震わせながら、早苗は泣きそうな顔で言った。

「どうっ、どうしてっ……どうしてイカせてくれないんですかっ……」

わざと焦《じ》らされていることに、ようやく気づいたようだった。津久井は黙したまま指先だけに神経を集中し、淫らに突起した肉の芽を、ねちねち、ねちねち、いじりつづける。

「ねっ、ねえ、どうしてっ……」

早苗が不安げに眉根を寄せる。いまごろ気づいても遅かった。彼女はすでに、絶頂欲しさに正気を失いかけている。イキたくて、イキたくて、頭の中はオルガスムスのことだけでパンパンにふくれあがっている状態だ。

怒って逃げる、という選択肢はもう残されていない。とりあえず一度絶頂を嚙みしめるまでは、津久井の腕の中から離れられない。

「あっ、秋彦さんっ……」

鏡越しに、切羽つまった顔を向けてくる。

「もっ、もうイキそうっ……お願いっ……お願いしますっ……このままっ……このままイカせてえええっ……」

真っ赤に染まった顔をくしゃくしゃに歪め、両膝をガクガク震わせて哀願する早苗は、この世のものとは思えないほどいやらしかった。我を忘れてオルガスムスをねだる女の姿ほど、男を興奮させるものはない。

だが、イカせてやるわけにはいかなかった。荒淫で精根尽き果てていたはずのペニスはとっくに硬くなっていたが、それを突っこんでやるわけにもいかない。

「おっ、お願いっ……お願いしますっ……このままっ……このままっ……あああああああーっ！」

早苗がリビング中に響かせた悲鳴は、喜悦に歪んでいなかった。やるせなさだけに彩られ、足踏みをしながら涙を流しはじめた。

「どっ、どうしてっ……どうしてイカせてくれないんですかっ……意地悪しないでっ……お願いだからもうイカせてえええっ……」

「お仕置きだよ」

津久井は冷たく言い放った。

「心当たりがあるだろう？」

鏡越しに睨みつけると、早苗は眼をそらした。無駄な抵抗だった。津久井は真っ赤なドレスの胸当て部分を、乱暴にずりおろした。豊満な双乳が露わになり、悩殺的に揺れはずんだ。その先端で清らかに咲いているピンク色の乳首を、両手でつまみあげた。

「あああああーっ！」

早苗は泣き顔を歪めて、太腿をこすりあわせる。イキたくてイキたくてしょうがないと、全身で訴えてくる。だが、乳首への刺激ではイケない。むしろ欲望を煽られるばかりだ。

出口を塞がれたまま、体の中に欲望が溜まっていく。頭の中はおろか、全身の肉という肉、細胞という細胞まで、オルガスムスを求めて悲鳴をあげはじめる。

「おっ、お願いしますっ……」

振り返って、涙眼を直接向けてきた。

「もっ、もうダメッ……もう我慢できませんっ……うんんっ！」

津久井は唇を奪った。呆然としている早苗の口を開き、ねっとりと舌をからめあった。寸止めの生殺しに険しくなっていた表情が、一瞬和らいだ。舌を吸われながら、蕩けるような眼つきで見つめてきた。

「素直に謝れば、許してやる」

津久井はキスをといてささやいた。

「悪いことをしたなら、謝るべきだ……悪いことをした自覚があるなら……」

間があった。

早苗は眼を泳がせている。内心の混乱や葛藤を示すように、彼女の紅潮した顔は、ピクピク、ピクピク、と可哀相なくらい痙攣している。

津久井が見つめる。言葉は発しない。間が続く。早苗の顔の痙攣は激しくなっていくばかりで、沈黙に追いつめられていく。眼尻と眉尻が限界までさがっていく。

「……ごめんなさいっ！」

叫んだ瞬間、大粒の涙をボロボロとこぼした。わなわなと震わせている唇から涎まで垂らしながら、必死になって言葉を継いだ。

「浮気をっ……浮気をして、ごめんなさいっ……悪いことしてるって思ってましたっ……秋彦さんに悪いことしてるってっ……でもっ……でも、店長がやさしいからっ……面接のときにひと目惚れしたとか、甘いことばっかり言ってくるからっ……あああっ！」

もう我慢できないとばかりに身をよじった。

「ねっ、ねえ、秋彦さんっ……わたし、謝りましたっ……罪を認めましたっ……だからっ……だからっ……」

「そんなにイキたいのか？」

「イッ、イキたいっ！　イキたいですっ……いやあああっ……」

早苗が悲鳴をあげたのは、津久井が左手で左脚を後ろから抱えあげたからだ。目の前の姿見に、ご開帳を映しだしてやった。それでも早苗は羞じらうこともできなかった。津久井の右手が、すかさず股間に伸びていったからである。

人差し指と中指、二本で深々と蜜壺をえぐった。早苗の中は奥の奥まで、よく濡れていた。ぐしょぐしょの大洪水なのに、したたかに指を食い締めてきた。津久井は負けじと指を鉤《かぎ》状に折り曲げ、抜き差ししはじめた。無理な体勢に腕が攣《つ》りそうだったが、かまっていられなかった。

「はっ、はぁあうううーっ！」

早苗が甲高い悲鳴をあげる。

「ひどい女だっ！」

津久井は吐き捨てるように言った。

「人がちょっと留守をしてる隙に、男を引っぱりこむなんて……とんだやりまんじゃないか。最低の淫乱じゃないか」

口汚く罵っても、早苗の耳には届いていないようだった。二本指でえぐられているGスポットに、すべての神経が集中している。

「いっ、いやっ……いやいやいやっ……」

　真っ赤に染まった顔を左右に振る。

「そっ、そんなのダメッ……ダメですっ……すぐイッちゃうっ……そんなのすぐイッちゃいますうううーっ！」

「イキたんだろう？　イケばいいよ。こんな恥ずかしい格好で」

「言わないでっ！」

「鏡を見てみろ、立ったままオマンコおっぴろげて、腰振ってるぞ」

「いやっ！　いやっ！」

　早苗が髪を振り乱して首を振る。津久井は、トドメとばかりに右手の親指でクリトリスも刺激しはじめた。蜜壺に埋めた二本指を抜き差ししながら、敏感な肉芽を指腹で押しつぶした。

「はっ、はぁおおおおーっ！　はぁおおおおおーっ！」

　もはや早苗は言葉を継げず、獣じみた悲鳴を撒き散らすばかりだ。

「イッ、イクっ……もうイクッ……イクイクイクイクッ……はっ、はぁおおおおおおおーっ！」

　ビクンッ、ビクンッ、と腰を跳ねあげた瞬間、二本指を出し入れしているところから、飛《ひ》沫《まつ》が飛んだ。潮だった。たった八カ月前まで処女だったくせに、ついに潮吹きまでするようになったのである。

「はっ、はぁおおおおーっ！　はぁおおおおおおーっ！　すっ、すごいいいいいいーっ！」

真っ赤な顔で首に筋を浮かべ、早苗は激しく腰を跳ねさせた。股間から細かい飛沫を噴射させるほどに、声音は艶を帯び、動きは淫らさを極めていった。もはや処女だったころの面影は皆無だった。喜悦をむさぼれるだけむさぼるセックスアニマルと化して、肉の悦びを嚙みしめていた。

とはいえ、さすがに自分の淫乱ぶりにショックを受けたらしい。

オルガスムスが過ぎ去っていき、床に崩れ落ちると、自分が撒き散らした潮の痕跡を見て、愕然とした顔をしていた。

津久井がシャワーを浴びてリビングに戻っても、べそをかきながらワイパーで床を掃除しつづけていた。

2

あれでよかったのだろうか、と思う。

津久井の中にはまだ、知花にスパンキングを浴びせた記憶がありありと残っていたのだ。だからあんなふうに、サディスティックに責めてしまったが……。

いや、知花のせいにするのはさすがに卑怯だ。

他でもない、津久井自身の問題だった。

早苗を屈服させたいという、抜き差しならない欲望を抱えていた。彼女が売れっ子キャバクラ嬢になって以来、遠い存在になっていくような恐怖があった。繋ぎとめたいという強い思いと、あっさりと他の男に体を許したことに対する憤怒が爆発し、ああいうことになってしまったのである。

「もう飲んじゃったの？」

眞美が椅子から腰をあげ、こちらにやってきた。野球中継が終わったらしい。

津久井の目の前に置かれたボトルは、すでに空だった。半分ほど残っていたはずだから、けっこうなピッチで飲んでしまった。

「どうぞ」

真新しいボトルがカウンターに置かれた。津久井は黙ってうなずき、グラスに酒を注いだ。

「珍しいわね、女のことで悩んでるんでしょう？」

「えっ……」

一瞬、キョトンとしてしまった。

「まいったなあ。そういうふうに見える？」

「まあね」

眞美は意味ありげに笑った。

「さっきから、スマホばっかり気にしてるじゃないの？」

「ああ……」

そっちの話か、と思った。ひとりでいるのは、あまりにも淋しい夜だった。知花にメールを打った。今夜も会いたい旨を、酔いにまかせた情熱的な文面に綴《つづ》ったのだが、まだ返事は来ていない。

酒の肴に恋バナでもしてみるか、と思った。酒飲みというのは身勝手なもので、酔うまでは放っておいてもらいたく、酔えば話し相手が欲しくなる。

「彼女がいたんだよ……」

問わず語りに、津久井は言葉を継いだ。

「若い女。僕よりもずっと若い……なかなか可愛い子でね。性格は純粋だ。頭だって悪くない。いい子に思えたんだけどね……」

「それは大変だったわね」

苦笑まじりに言われたので、

「大変？」

津久井は首をかしげた。

「なにが大変なんだ？」

「だって、若い女の子は平気で人を傷つけるでしょ？　自分が傷ついたことがないから、やさしさがないのよ……いっぱい傷つけられたんじゃなくて？」

「まあ……そうかもしれない」

今度は津久井が苦笑する番だった。

「浮気されたよ。僕たちの部屋に、男を引っぱりこんで……」

「……そう」

眞美は気まずげに視線を泳がせると、棚からグラスを出し、自分用の水割りをつくって飲んだ。

「若いって、どれくらい？」

「二十歳年下の……二十歳」

眞美は呆れたような顔で首を振った。

「それは……もう自由にしてあげたほうがいいんじゃないの？」

「自由？」

「きれいに別れて、その子の好きに生きさせてあげたほうがいい」

諭すように言われ、津久井はさすがにムッとした。

なるほど、目の前の彼女は、さまざまな修羅場をくぐり抜けてきたのかもしれない。酒場の女だ、若いころから恋の達人として鳴らし、時には不器用な男の相談にも乗る、ご意見番であるのかもしれない。

しかし、彼女は知らない。

津久井と早苗が、かけおちしてきた事実など知る由もない。多くの人を傷つけ、いろいろなものを捨ててきたのだ。津久井には帰る家がない。ただ単に若い女に振りまわされて、疲れ果てているわけではない。

「おまえになにがわかる、って顔ね？」

眞美が唇を歪めて言う。

「どんな事情があるのか知らないけど、だいたいのことは想像がつくわね。いっぱい傷つけられたかわりに、いっぱいいい思いもしたんでしょう？　四十になって二十歳の女の体に溺れられるなんて、夢みたいなものでしょうからね」

津久井は言葉を返せなかった。

「でもね、なんにでも潮時ってものがあるのよ。四十の男が二十歳の女と付き合って、うまくいくわけないの。生きるエネルギーが違うんだもの。合わせようってすればするほど、うまくいかなくなるだけよ。未練タラタラなのは、みっともないわよ」

「……すいぶんな言われようだ」

津久井は肩をすくめた。今夜の眞美はやけに辛辣《しんらつ》で、客商売の人間とは思えないようなことまで口にする。

だが、反論できないのも、また事実だった。かけおちをしようが、帰る家がなかろうが、すべては津久井の不徳の致すところなのだ。いい思いをしたのだろうと言われればたしかにその通りだし、自分が傷ついた以上にまわりの人間を傷つけている。

「……ごめんなさい」

眞美がふっと苦笑した。

「なんだか八つ当たりしちゃったみたい。贔屓《ひいき》のチームが負けちゃったのよ」

「……そうだったのか」

津久井も苦笑する。もちろん、本心から笑ったわけではない。野球狂という人種も、始末に負えないもののようだ。謝られたところで、彼女が吐いた言葉の棘《とげ》は、胸に刺さったままだった。

メールが着信音を鳴らした。

──いま仕事が終わりました。これから新宿に向かいます。

知花からだった。

──JRの大久保駅がいい。

津久井は返した。

──わかりました。

──すまんね。どれくらいで着く?

──いま渋谷なので、二十分くらい。

──OK。改札で待ってる。

「捨てる神あれば、拾う神ありだ」

津久井はグラスに残っていた酒を一気に飲み干した。呆れたように笑っている眞美に金を払い、店を出た。

3

ラブホテルの部屋に入ると、閉めた扉の前で知花を抱きしめた。唇を重ね、息がとまるような深いキスで翻弄した。

「ぅんんっ……ぅんんっ……」

眼を白黒させて戸惑う表情が、わざとらしい。昨日はずいぶんとやさぐれていたが、ひと皮剝いてみればこんなにもぶりっ子だったのか。

待ちあわせ場所に現れた彼女は、

「どうしたんですかぁ？　今朝まで一緒にいたのに、また会いたいなんて……」

憧れのキャプテンに声をかけられた女子マネージャーのような、上目遣いで言ってきた。卑屈な笑顔と物欲しげな態度が、津久井の地雷を思いきり踏んだ。

そういえば……。

濡れ場や修羅場の演技では眼を見張る存在感を見せる一方、日常のさりげない芝居がびっくりするほど下手な女優が知花だった。嬉しいときに嬉しい顔をする芝居は三流だ。嬉しいときに怒って見せるのが二流。一流は感情を隠して次の行動に期待や不安を抱かせる。嬉しいくせにもじもじしながら、「どうしたんですかぁ？」と上目遣いで媚びてくるなんて、即刻NGだ。しかも彼女は、処女の女子高生ではない。三十三歳の人妻なのである。

津久井は知花の手を取り、有無を言わさず昨日と同じラブホテルに入った。入るなり、抱きしめてキスをした。言葉はひと言も発しなかった。戸惑うばかりの知花を、ベッドではなくトイレに連れていった。

「どうしたんですかぁ、だと？」

険しい表情で睨みつけると、知花は身をすくめた。瞳が怯えきっていた。どうしてトイレに押しこまれたのか、わけがわからないという顔をしている。

津久井は自分でも、なぜこんなに苛立っているのかわからなかった。早苗に裏切られたせいもあるし、眞美に八つ当たりされたせいもあるかもしれない。だがなにより、知花の性癖がマゾヒスティックなものであることが、強く影響している気がする。

昨日は左右の尻丘が真っ赤に腫れあがるまで、スパンキングをしてやった。となると、今日はそれ以上のことをしなければならない。こっぴどく辱め、虐げてやらなければ……。

「今朝まで一緒にいたのに、また会いたいなんてメールした理由はな……」

怯えた知花の顔に、ふうっと息を吹きかけてやる。

「お仕置きが足りないと思ったからだ。昨日のあれくらいじゃ、まだまだ不充分だ。そうだろ？」

知花は身をすくめるばかりで、言葉を返すことができない。

「しゃがんで、しゃぶれ」

肩を押すと、

「ベッドに……」

いまにも泣きだしそうな顔を向けてきた。

「ベッドに……いかないんですか？」

「おまえみたいな肉便器は、トイレで犯されるのが相応《ふさわ》しいよ」

肉便器という言葉に、早苗はビクッと反応した。

「そうだろ？　どんなに関係がこじれていようと、おまえには正式な夫がいる。なのに、赤の他人である俺に、オマンコ見せつけて尻を振ってきた。なにがお仕置きしてくださいだ。本当は抱かれたかっただけだろう？　オマンコにチンコ突っこまれて、ひいひい言いたかっただけなんだろう？」

ゆうべの荒淫を思いだしたのだろう、知花の顔はみるみる羞恥の紅色に染まっていった。彼女はたしかに、お仕置きもされた。だがそれ以上に、抱いて抱いて抱きまくられた。いやらしいほど愛液にまみれた蜜壺でしたたかに男根を締めつけ、何度も何度も絶頂に駆けあがっていった。

「しゃがんで、しゃぶるんだ」

胆力をこめて言うと、早苗は小刻みに震えながら膝を折った。不安や怯えばかりではなく、興奮が伝わってきた。スカートの奥でじゅんと濡らしていることまで、伝わってくるような気がした。

この女はやはり、真性のマゾなのだ。息を呑んでいる津久井の腰に、両手を伸ばしてきた。ベルトをはずし、ズボンとブリーフをさげて、勃起しきった男根を露わにした。

「あああっ……」

悲嘆するような声をもらしても、知花は男根をつかんだ瞬間、淫らな動きで身をよじった。こっそりやったつもりなのかもしれないが、津久井は見逃さなかった。興奮に身をよじったのだ。スタートがトイレでフェラチオ——今日はいったい、どこまでひどく辱められることになるのか、想像しただけで歪んだ性癖が燃え狂いはじめたのだ。

「……ぅんあっ！」

唇を卑猥なOの字にひろげ、亀頭を咥えこんでくる。まるで発情の証拠のように、知花の口の中には大量の唾液が分泌されていた。二、三度唇をスライドさせただけで、床にしたたるほどだった。

「ぅんんっ！　ぅんんっ！」

鼻息をはずませて、知花が男根をしゃぶってくる。それほど慣れていないようだし、うまくもない。だが、男に奉仕しようとする、健気な心情が伝わってくる。悪くない。だが、彼女自身、これでは満足しないだろう。

「ぅんぐーっ！」

両手で頭をつかんで腰を押しつけると、知花は鼻奥で悶え泣いた。津久井はかまわず腰を振りたて、男根を抜き差しした。

かつて早苗にしたのと同じやり方だった。しかし、どうしたって早苗のときより、力がこもってしまう。知花はマゾなのだ。尻が真っ赤に腫れあがるまでスパンキングされ、発情の蜜を漏らしてしまう女なのだ。

「もっと奥まで咥えるんだ」

男根をむりむりと奥まで入れていく。早苗のときは半分ほどだったが、真性のマゾには根元までが相応しい。

「ぅんぐっ！　ぅんぐぐっ……」

亀頭が喉に届き、顔が男の陰毛に埋まると、知花は真っ赤になってジタバタと暴れた。苦しいに違いない。顔ごと犯すようなピストン運動を送りこめば、涙を流し、鼻奥で悶え、時に白眼まで剝きそうになる。

それでもどこか恍惚《こうこつ》としているように見えるのは、彼女がマゾだという刷りこみのせいだろうか。そうとは思えない。ずぼずぼと音をたてて口唇をえぐられているのに、うっとりした眼つきを見せる。あふれた唾液が陰毛を濡らし、玉袋の裏まで垂れてくる。

津久井はいままで、サディストがマゾヒストを調教するのがＳＭプレイだと思っていた。しかし、実際には逆なのかもしれない。津久井はサディストでもなんでもないが、知花の欲望に引きずりこまれるようにして、嗜虐的なプレイに淫している。知花をいじめることに、サディスティックな興奮を覚えている。ほとんど陶酔している。女の顔を犯す、この無慈悲なやり方に……。

「おおおっ……」

両膝が震えだし、だらしない声をもらしてしまった。いっそこのまま、射精まで一気に突っ走ってしまいたくなる。なんとか自分にブレーキをかけて、唾液まみれの男根を口唇から引きずりだす。

「尻を出すんだ」

息絶えだえの知花の腕をつかみ、立ちあがらせた。便器の蓋に両手をつかせ、尻を突きださせた。

「肉便器に相応しいやり方で犯してやるからな……」

スカートをまくりあげると、ナチュラルカラーのパンティストッキングが、ココア色のショーツを透かしていた。両方とも乱暴にずりさげると、丸みを帯びた尻の双丘にはまだ、スパンキングの痕跡が残っていた。

「ずいぶん痛々しいな……」

鼻で笑うように言ってやる。

「これで一日、椅子に座って仕事してたのか？」

元女優の彼女も、いまは派遣ＯＬとして事務職をしている。

「……幸せでした」

顔を前に向けたまま、震える声で知花は言った。

「痛かったですけど……痛かったから……監督とずっと一緒にいられたみたいで……わたし……」

「変態だな」

吐き捨てるように言い、尻の桃割れに指を忍びこませていく。

「なにが幸せでしただ。本当は興奮してたんだろう？　尻を叩かれていることを思いだして、仕事をしながらオマンコ濡らしてたんじゃないか？」

「くぅううっ！」

指先が花びらに届くと、知花は身をよじらせた。ぐっしょりだった。息もできないイラマチオでここまで濡らすなんて、彼女はやはり本物だった。しかも、スパンキングを受けた尻以上に、ここは荒淫に爛《ただ》れているはずなのだ。四十男が三度射精するほど、突いて突いて突きまくられたのだ。少し触られただけで飛びあがりそうなほど敏感になっていても、おかしくはない。

「欲しいのか？」

いじってやると、猫がミルクを舐めるような音がたった。

「いましゃぶっていたものを、ここに入れてほしいのか？」

「いっ、入れてくださいっ……」

前を見たまま、知花は言った。顔は隠していても、声は甘い媚びを含み、ねだるように尻を振ってくる。

「便所で便器を抱えながらでもいいのか？」

「にっ、肉便器ですからっ……わたしのような恥ずかしい肉便器には、ここで犯されることが相応しいですっ……」

「よーし」

津久井は満足げに息を吐きだし、知花の尻に腰を寄せていった。彼女の唾液でヌルヌルになった男根をつかみ、切っ先を花園にあてがった。

「あああっ……」

知花の体が震えだす。

「いくぞ……」

津久井は腰を前に送りだし、知花の中に入っていった。一気呵成に侵入していき、ずんっ、と最奥を突きあげた。

「はっ、はぁおおおおおおーっ！」

知花が獣じみた悲鳴をあげる。狭いトイレの個室だから、ひどく響く。その声に煽られるようにして、津久井は腰を使いはじめた。やさしさの欠片もない、いきなりのフルピッチだった。

便所で肉便器を相手にしているのだ。やさしいやり方など、それこそ相応しくない。暴力的と言ってもいいような連打を送りこみ、男の欲望だけを早々に満たしてしまうやり方のほうが、ずっと似合っている。

「はぁあああーっ！　はぁあああーっ！　はぁううううーっ！」

ずんずんっ、ずんずんっ、と突きあげるほどに、知花は手放しで乱れていく。赤く腫れた尻丘を揺らし、肉の悦びに溺れていく。

「むうっ！　むううっ！」

津久井は鼻息を荒らげて突きまくった。欲望は満たされているはずだった。彼女を相手に三度も射精してから、まだ二十四時間も経っていない。だが、小休止すらできない。体の中に溜まったものを、吐きだしたくてたまらない。

早苗のせいだった。

今朝方、寸止め生殺し地獄で屈服させ、潮まで吹かせた出来事が、生々しい記憶となって腰使いに力を与える。あのまま早苗を貫けなかったのは、精根尽き果てていたからではない。たしかに体力的にも厳しかったが、痛いくらいに勃起していたのだ。どんな形であれ結合はできたはずだし、早苗もまたそれを望んでいたような気がする。

だが、できなかった。自分で思っている以上に、女を寝取られた衝撃は大きかったのだ。心のダメージの重さが、挑みかかっていく気力を挫《くじ》いたのだ。あそこで最後までしてしまえば、二十歳の小娘に負ける気がした。早苗を寝取った若い男にもまた、敗北するような気がしてしようがなかった。

「ああっ、ダメッ……もうダメッ……」

知花が切羽つまった声をあげた。

「そんなにしたらイッちゃうっ……イッちゃううううっ……」

「むううっ！」

津久井は鬼の形相で突きあげた。こちらにも限界が迫っていた。吐きだしたかった。すべてのわだかまりをザーメンに載せて、体の外に放出したくていても立ってもいられなくなった。

「イッ、イクッ！　イクウウウウーッ！」

ビクンッ、ビクンッ、と腰を跳ねさせる知花の中に、フィニッシュの連打を送りこんでいく。オルガスムスに達した女を、絶頂の頂に釘づけにするような怒濤の連打で、恍惚を目指す。

「おおおおおっ……」

ずんっ、と最後の一打を打ちこみ、反動で男根を抜き去った。

「こっちを向くんだっ！」

肩で息をしている知花の腕をつかみ、足元にしゃがみこませる。ハアハアと息をはずませている口唇に、男女の体液でネトネトになった男根をねじりこんでいく。

「うんぐううううーっ！」

知花が驚いて眼を見開く。津久井はかまわず、彼女の頭を両手でつかんで腰を振りたてた。

「吸うんだっ！　吸ってくれっ！」

「うんぐうっ！　ぅんぐううっ！」

わけもわからないまま、知花は命じた通りのことをしてくれた。ずぼずぼと口唇をえぐられながら、双頬をべっこりとへこませて吸引してくれた。

「おおおおっ……うおおおおおーっ！」

津久井は雄叫びをあげて、煮えたぎる欲望のエキスを噴射した。いや、こちらが吐きだす勢いより、知花が吸ってくる力のほうが遥かに強かった。いつもの倍のスピードで、灼熱が男根の芯を駆け抜けていった。すさまじい快感に全身が震え、ぎゅっと眼をつぶると喜悦の涙が眼尻を濡らした。

4

一カ月が過ぎた。

暑かった夏がようやく過ぎ去り、風に秋の気配を感じるようになってきた。

津久井の生活は、表面上は平穏なものに戻っていた。

シナリオを書いているふりをするのも馬鹿馬鹿しくなったので、日中は家でゴロゴロして過ごし、気が向けば家事をやり、夕方になると早苗を店に送りだして、リビングで少し飲んでから、眞美の店に行く。

変化があったとすれば、早苗とのセックスがなくなったことだ。

おそらく、求めれば応じてくれただろう。浮気発覚直後こそ、早苗もぎこちなかったが、津久井は許すとはっきり宣言したし、いままで通りに接してもいるので、彼女の態度も次第に柔らかくなっていった。

それでもセックスだけは……。

浮気をした早苗に、欲情しなくなったわけではない。むしろしている。彼女と行った熱いまぐわいの数々を思いだし、あるいはカネダという若い男に抱かれている早苗の姿を想像し、嫉妬に胸を搔き毟《むし》られながら自慰をしそうになったことさえある。

欲望は煮えたぎっていた。

しかし、さすがに自慰はできなかった。そこまで堕ちるわけにはいかなかったので、知花を呼びだした。欲望の捌《は》け口として、三日にあげず激しい情交に淫している。

溜まったストレスを吐きだすようなセックスだから、サディスティックなやり方はエスカレートしていく一方で、いまでは完全に肉便器、あるいは性奴隷として彼女を扱っている。

「すごかったです。わたし、こんなに興奮したの初めてかもしれません……」

ひどいことをすればするほど、知花は事後にかならずそう言った。恥ずかしそうにしながらも、歪んだ性癖が満たされたことに瞳を妖しく輝かせて。

だが、一方の津久井は、知花を辱めれば辱めるほど、ストレスが解消されるどころか、倍増していくことを感じていた。心から知花を愛し、ＳＭじみたプレイを欲しているなら、そんなことになるわけがない。

ある作家が「モテないからといって変態性欲者になった人間を信用しない」と言っていたが、津久井もそれに似た袋小路に追いつめられていたのである。早苗が自分から離れていきそうだから、自分の性癖にマッチしていない過激なセックスに逃げこんでいるだけなのだ。

早苗……。

この手で処女を奪い、蛹から蝶に孵した女……。

執着もあったが、それと同じくらい、別れの予感もある。

この先も彼女とやっていけるのかどうか、津久井はひとつ、賭けをしてみることにした。

「実は今度、ある映画でロケの応援部隊を頼まれてね。スタッフが足りないからどうしてもって、頭をさげられちゃってさ。ノーギャラみたいなものなんだが、仕事の勘を取り戻すためにも参加してみようと思うんだ。沖縄に三泊四日。急な話で申し訳ないんだけど、明日には出発する」

もちろん、全部嘘だった。津久井が家を空けたとき、早苗がどんな行動に出るのか試してみたくなったのである。

「えっ？　ホントに？　映画の仕事、いよいよ再開するんですね。わたしのことは心配いりませんから、頑張ってきてください」

嘘とも知らず、早苗はとても喜んでいた。ヒモどころか、粗大ゴミのようになっている男が働きだすことがよほど嬉しいのか、あるいは別の思惑があるのかわからなかったが……。

翌日。

津久井は朝から旅支度をして自宅を出た。まだ前夜の酒が残っていたので、ネットカフェで眠り、眼を覚ますとサウナに行って汗を流し、ビールを飲んでまた眠った。

行動を開始したのは、午前零時を過ぎてからだ。

自宅に戻った。早苗がいなかったので、とりあえずホッとした。その２ＬＤＫの家は長いベランダに囲まれていて、リビングを含めたどの部屋からも出入りすることができる。

そのベランダの片隅に、スチール製の倉庫があるのだが、津久井と早苗はそれほど家財道具もないので、使っていない。空っぽだ。

スライド式の扉を開けて中に入ってみた。体を伸ばして横にはなれないが、座ったまま眠ることはできそうだった。季節がいまでよかった。暑かったり寒かったりしたら、ひと晩中ここに留まっていることは難しいだろう。

あとはひたすら待つだけだった。

早苗が帰宅するのは午前二時過ぎだから、まだ一時間以上ある。倉庫の扉を少しだけ開けてあるので、帰ってきて灯りをつければわかるはずだ。

退屈しのぎに仕込んできた、ウイスキーを飲みはじめる。グラスや氷までは仕込んでいない。ボトルの口からチビチビ飲むしかなく、ストレートなので効いた。気がつけば頭の芯に小さな炎が灯ったようになり、全身が心地よく痺れだした。

思いだすのは、早苗とふたりで上京してきた日のことだ。

かけおち――まさか自分の人生に、そんなことが起こるなんて夢にも思っていなかった。

津久井は昔から、女には淡泊だったのだ。二十代のころは、モテるとかモテないとかよりも映画監督になることのほうがよほど大切な人生のテーマであり、三十歳で監督になってからは、次の作品を撮ることばかりに頭の中を占領されていた。もちろん、健全な男子なので、女に興味がなかったわけではない。けれども、夫婦や家庭に過大な期待をしていなかったから、早々に結婚して長続きもしていたのである。

そんな自分がかけおちするなんて……。

いままで経験してきたことのない緊張感に震えながら、すべてを捨てて早苗とふたりで上京してきた。東京は津久井の生まれ故郷でもあったけれど、かけおちしてきてからの数日間はなにもかも新鮮で、人生をリセットできたような気にもなれた。

あの解放感はいまでも忘れられない。

田舎暮らしがよほど性に合わなかったのか、いつまでも消えることのない街の灯りを見ていると、心が落ち着いた。人目をはばかることなく若い早苗と連れだって歩き、部屋に帰ればセックスばかりしていた。歪みや澱《よど》みのない、まっすぐなセックスだった。これをするために自分は生まれてきたのだと思うことができたし、そう思えることが嬉しかった。

だが、楽しい時間はそれほど長く続かなかった。

せいぜい二週間くらいのものだったろうか。それを過ぎると、お互いの仕事探しがうまくいかないことから次第に空気が重くなっていき、ひと月後には早苗がキャバクラで働くことを決めた。

断固としてとめるべきだったのだろうか。

ガードマンや清掃員のようなことをしてでも自分の力で食わしていく気概を見せれば、彼女だって浮気などしなかったのかもしれない。

それはわかっている……。

わかっているのだが……。

リビングの灯りがついたので、津久井は身を乗りだした。ドアの隙間から眼を凝らしてみたものの、人影までは見えなかった。

少し待った。

リビングの窓が開けられた。開けたのはワインレッドの大人っぽいドレスに身を包んだ早苗だった。風が吹き、栗色の巻き髪が揺れた。

「気持ちいい……とってもいい風」

声が聞こえ、津久井の息はとまった。声そのものに驚いたわけではない。ひとりでいるのに、そんなことを言うはずがないからだ。

案の定、背後から男が近づいてきた。カネダだった。まだ切れていなかったのだ。津久井は自分の甘さを呪った。早苗を信じすぎた。彼女が関係をやめるつもりでも、カネダのほうはそう簡単に引きさがらなかったのかもしれない。最低でも、浮気が発覚した時点で、店を移籍させるべきだった。

早苗とカネダは甘い雰囲気で見つめあい、いまにも口づけを交わしそうな親密さを振りまきながら、手を繋いで部屋の奥に引っこんでいった。

ふたりが視界から消えると、津久井は焦った。どうすればいいか迷った。いますぐここを飛びだして、リビングに踏みこみたい気持ちはあった。ここは自分の家なのだ。

しかし、その勇気がわいてこない。現実と向きあうのが怖いのか、この部屋の家賃をすべて早苗に払わせている後ろめたさからか……。

それでも、ただじっとしていることはできず、音をたてないようにスライド式のドアを開け、倉庫から這いだしていった。エアコンの室外機の陰に身を隠して、リビングの中をのぞきこんだ。

驚いた。

リビングにいた男が、カネダひとりではなかったからだ。三人いた。全員、似たような黒いスーツを着ているから、キャバクラで働いている人間なのだろう。

これはいったいどういうことなのだろうか？

男と女が一対一なら、浮気で確定だ。しかし、三人となると、単なる飲み会かもしれない。店のナンバーワンが、いつも世話になっている黒服に感謝して、自宅に招くというのは不自然ではない。

実際、テーブルの上にはスナック菓子がいくつも置かれ、缶ビールが並べられている。

「ねえ、音楽かけて」

と早苗が言えば、黒服のひとりがスマホを操作し、ブルートゥースのスピーカーでサルサをかけた。場の雰囲気が一気に華やいだ。

今日も一日お疲れさま、でも夜はまだまだ長いから盛りあがっていこう——リビングにいる誰もがそんな表情をして、例外なく楽しげな笑顔を浮かべていた。

だがやはり、それは単なるお疲れさま会ではなかった。

5

リビングにいる四人はL字形のソファに座り、飲み食いとおしゃべりでしばらく過ごしていたが、次第に男たちがそわそわしはじめた。

早苗だけが酒に酔ってキャッキャとはしゃいでいた。四人の中でもとりわけ楽しそうだった。しかし、男たちの異変に気づいたのだろう。不意に静かになると、全員の顔を順繰りに見て、意味ありげに笑った。

「なんだか暑くなってきちゃったなあ」

芝居がかった台詞まわしが、かつて見た演劇サークルの芝居を思い起こさせた。吹きだしたくなるほど素人くさい芝居なのに、笑うことはできなかった。

早苗がソファから立ちあがり、ドレスを脱ぎはじめたからである。

黒服のひとりに背中のファスナーをおろさせ、あっという間に下着姿になった。ドレスと同じ、ワインレッドの上下だった。レースの飾りも豪華なセクシーランジェリーだったが、眼を見張ったのは両脚を飾っているセパレート式のストッキングだった。ストラップで吊らないタイプだが、太腿のいちばん太いところが黒いレースで飾られている。極薄の黒いナイロンが、二十歳の美脚をこれ以上なく妖しく輝かせている。

早苗は腰に手をあてると、モンローウォークのように尻を振りながら、ソファに座った男たちの前を行ったり来たりした。まるで、ハイレグショーツがぴっちりと食いこんだ股間を見せつけるようにして……。

そして、唐突に言ったのだ。

「勃起した人！」

早苗が手をあげると、黒服たちは競うような素早さで、三人全員が手をあげた。あきらかに、眼つきがおかしくなっていた。誰もが楽しげな笑顔をかなぐり捨て、欲情に険しくなった表情で鼻息を荒らげていた。

「じゃあ、こっちに来て、見せて」

早苗にうながされ、男たちは空いているスペースにそそくさと移動する。中には、移動しながらベルトをはずしている者もいる。我先にとズボンとブリーフをめくりおろし、勃起しきった男根を誇示する。

「うわー、壮観」

早苗は眼を輝かせて男たちの足元にしゃがみこんだ。口許に卑猥な笑みを浮かべながら、そそり勃った三本の肉棒をしげしげと観察した。

「みんな違うね。大きさも、形も、反り方も……」

ピアノを弾けない少女が鍵盤で遊ぶように、三つの亀頭を、ちょん、ちょん、ちょん、と叩いていく。

「男子はよく勘違いしてるけど、大きければいいってもんでもないんだよ。大きいより、硬い方がいいっていうのが、女子の意見。でもわたしは、形もけっこう大事だと思う。形っていうか、角度？　相性っていうのが、やっぱりあるじゃない？」

言いながら、三つの男根に次々と指をからめ、すりすりとしごきたてる。長くはしない。まるで花から花へ舞いながら飛んでいく蝶々のように、早苗の白く美しい手指は男根から男根へと移っていく。

しごかれるたびに、男たちの顔は歪み、みるみる紅潮していった。呼吸も荒くなり、自分の順番がまわってくると情けないほど身をよじる。

「気持ちいい？」

上目遣いで訊ねる早苗は、ワインレッドのセクシーランジェリーとセパレート式のストッキングという、これ以上なくいやらしい格好をしているのに、ひどく無邪気だった。天使のようだと言ってもいい。

津久井は信じられなかった。

これがあの早苗なのだろうか？

姿形は早苗でも、中身はまるで違う。三人の男に男根をさらけださせ、それに悪戯している彼女は、これからなにをしようとしているか。ただ観察するだけで終わらないことくらい、誰にだってわかる。

やめてくれ……。

津久井が胸底でもらした沈痛な声を嘲笑うかのように、早苗はフェラチオを開始した。双頰をへこませ、鼻息をはずませて、唇をスライドさせていく。卑猥な音をたてて情熱的にしゃぶりあげ、三本の男根をみるみるうちに唾液まみれにしていく。

「おおおっ……やっ、やばいっ……そんなにしたら、出ちゃうっ……」

男のひとりが真っ赤な顔で身をよじると、早苗はフェラチオを中断して、剝きだしの尻をピシリと叩いた。

「なに言ってるの？　お口になんか出したら罰ゲームよ。全裸で歌舞伎町一周させるから、そのつもりでね」

眼を吊りあげて言い、ニヤニヤ笑うその表情は、天使ではなく、小悪魔そのものだった。

あるいは、我が世の春を謳歌するお姫さまである。学生時代、舞台でお姫さまを演じていた早苗は、人が見れば唖然とするようなこんな形で、欲しかったものを手に入れたということなのだろうか。

「今度はわたしを……気持ちよくして……」

早苗がラグの上でしなをつくると、三人の男たちはいっせいに服を脱ぎ捨て、むしゃぶりついていった。ワインレッドのセクシーランジェリーは、ほとんど一瞬で毟りとられた。ひとりが糸を引くディープキスをした。乳房を揉んで乳首を吸う男もいる。残った者が、両脚をM字に開いてクンニリングスだ。男たちのチームワークは抜群だった。

驚愕せずにはいられないのは、それにもかかわらず輪姦されている感じがまったくしないことだった。イニシアチブを握っているのは完全に早苗で、どう見ても、ひとりの男じゃ満足できない色情狂のお姫さまを、三人がかりで奉仕している図なのである。

ひどい……。

津久井は全身をわなわなと震わせた。いくらなんでも、ここまで破廉恥な女だったとは思わなかった。単なる浮気ではなく、三対一の4Pである。それも、津久井が家を空けたその日に、男たちを連れこんでこの有様とは、驚きを通り越して呆れるしかない。

もはや処置なし……。

たしかに早苗は、津久井が女にしてやった。処女を奪い、ベッドマナーの手ほどきをし、性の悦びを教えてやった。

『もう自由にしてあげたほうがいいんじゃないの？』

眞美に言われた言葉が、耳底に蘇ってきた。

なるほど、早苗はもう、津久井からは卒業したのだ。

キャバクラ勤めが、彼女の本性を開花させてしまったのである。

シレッとした顔で同居生活を続けていても、彼女の心には津久井のことなどもはやまったく残っていない。別れ話を切りだしてこないのは、関係をこじらせて、実家に通報されることを恐れているだけのような気がしてきた。実は虎視眈々とタイミングを見計らっていて、そのうち足がつかない形で忽然と姿を消そうとしているのかもしれない。いや、絶対にそうだ。

「ああっ、ちょうだいっ！　もうちょうだいっ！」

リビングでは、早苗が四つん這いになり尻を振っていた。生々しいピンク色に染まった顔には、浅ましいほどの欲情が浮かんでいた。

いやらしい顔だった。

図らずも、津久井は勃起してしまった。ズボンの前が痛いくらいにパンパンになり、熱い我慢汁を漏らしてしまったことさえ、はっきりとわかった。

「いきますよ……」

カネダが早苗の尻に、腰を寄せていく。その右手には、勃起しきった男根が握りしめられている。切っ先を桃割れの奥にあてがい、狙いを定めて腰を前に送りだしていく。

「あああぁーっ！」

早苗がのけぞって悲鳴をあげる。結合の衝撃に、肩や腰や尻をわななと震わせる姿がいやらしすぎて、津久井は思わず、ズボンの上から男根を握りしめてしまった。

パンパンッ、パンパンッ、と乾いた音をたてて、カネダがピストン運動を開始する。力まかせの稚拙な腰使いだったが、興奮が伝わってくる。カネダは間違いなく、早苗を抱けることに津久井より興奮している。腰使いを制御できないくらい、夢中になっている。

「ああっ、いいっ！　いいよおおおーっ！」

早苗が乱れる。みるみる顔を真っ赤にして、四つん這いの体を淫らなほどにくねらせる。彼女もまた、ひどく感じているようだった。中年男のねちっこいセックスに慣れた体には、稚拙だが勢いのある抜き差しが、新鮮なのかもしれない。そうであるなら、自分のやってきたことは、いったいなんだったのかと思う。処女の体を大事に大事に開発して、その結果がこれなのか。

目の前が暗くなっていくようだった。

絶望という言葉を、これほどリアルに感じたのは初めてかもしれなかった。

「よーし、こっちもだ」

黒服のひとりが、早苗の顎をつかんで顔をあげさせた。自分の男根を、口唇にねじりこんでいった。

「うんぐううーっ！」

早苗が鼻奥で悶え泣く。だが、苦しげに眉根を寄せたのは一瞬だけで、すぐに身をよじってよがりはじめた。二本の男根を咥えこまされて、発情しきっていた。男たちに前後から腰を使われ、揉みくちゃにされながらも、濡れた瞳は恍惚として、いまにもオルガスムスに駆けあがっていきそうだった。

第五章　散りゆく花

1

嫌な臭いで眼を覚ました。

鼻につく生ぐさい臭いだ。ゆうべ自分が吐きだしたものの臭いだと気づくと、津久井は嘔吐しそうになった。あわててスライド式のドアを開け、倉庫から転がりでた。

とはいえ、物音をたてるわけにはいかない。そこはベランダで、中にいる人間に気づかれるわけにはいかないのだ。

まぶしかった。太陽がすいぶんと高いところにあった。腕時計を見ると、正午をまわっていた。

ゆうべの狂宴がいつまで続いたのか、津久井は知らない。空が白みはじめる直前までは見ていたが、それが限界だった。

再び倉庫にこもって眼を閉じた。瞼の裏に浮かびあがってくるのは、男三人、いきり勃った三本の肉棒を相手に、痴態の限りを尽くす早苗の姿だった。四つん這いで上下の口を塞がれるのはまだいいほうで、騎乗位で腰を振りながら、両脇に立たせた男のものを、代わるがわるしゃぶっていたのには、度肝を抜かれた。後背位よりも騎乗位のほうが顔がよく見えるので、さもおいしそうに男根をしゃぶりあげている表情を、これでもかと見せつけられた。

その表情が、瞼の裏から離れなかった。眠ろうとしても股間のものが痛いくらいに硬くなり、とても眠れそうになかった。

おかげで自慰をしてしまった。

立てつづけに、二度も、三度も……。

耐えがたい自己嫌悪がこみあげてくる。やりまん女の薄汚い4Pを見て自慰した自分を、激しく責めた。とにかく、もはや早苗とは暮らしていけないと思った。どこにも行くあてはないけれど、このまま消えてしまうつもりだった。幸い、旅行を装うためにバッグに着替えをつめこんであるから、この足でどこにも行くことができる。

ただ……。

ベランダから直接、外に出ることができないのだ。そんなことができるなら、昨日のうちに姿を消している。いったん部屋を通って玄関から出て、エレベーターに続く廊下に行くしかない。

それゆえ、部屋に人がいるうちは隠れているしかなかった。男たちはもう帰っただろうか。最悪の場合、早苗が出勤する夕方まで、ここにいなければならないことになる。

エアコンの室外機の陰に隠れ、恐るおそるリビングの様子をうかがった。誰もいなかった。寝室にはカーテンが引かれていたが、その隙間からなんとか中をのぞきこんだ。

早苗がひとりで寝ていた。

クローゼットとして使用している部屋にも人影はない。

つまり、男たちはすでに帰り、爛れた欲望を存分に満たしたお姫さまは、キャバクラに出勤する夕方まで夢の中、ということらしい。

だが、室外機の陰に隠れながらだと、リビングをすべて見渡せるわけではないし、バスルームに誰かいる可能性もある。

少し迷ったが、強行突破してしまうことにした。早苗がいつ眼を覚ますかわからないし、眼を覚ませば確実に夕方までここにいなければならない。ベランダから玄関まで、早足で歩けば数秒だろう。万一、トイレやバスルームに誰かがいても、鉢合わせになる可能性は低いはずだ。

バッグを肩にかけ、靴を手に持って、ゆうべから開けっ放しの窓の隙間に、体をすべりこませた。リビングを横切るのに、三秒もかからなかった。いい調子だ。あとは短い廊下を抜け、玄関から出るだけだ。

鍵をはずし、物音に注意して玄関扉を開けた。靴は手に持ったまま、靴下で外に出た。靴はエレベーターの中で履くつもりだった。

ところが……。

扉を開いた瞬間、そこに女が立っていた。いるはずのない人間だった。向こうもこちらを見て、眼を丸く見開いている。

「……あなた」

芽衣子だった。

遠い雪国に捨ててきた妻が、津久井の前に立ちはだかっていたのである。

最悪の展開だった。

L字形のソファに、津久井と早苗が並んで座り、向こう側に芽衣子が座っている。寝起きの早苗はほとんど放心状態で、呆然とした顔をしている。

「撮影が中止になって、さっき帰ってきたら玄関でばったり……」

と状況を説明したものの、理解しているかどうか定かではなかった。なぜいるはずのない同居人に無理やり叩き起こされ、リビングに引きずり出されると叔母がそこで待ち構えていたのか、まだ夢の中にいる気分だろう。

津久井にしても悪夢を見ている心境だった。あと五分早くベランダから脱出していればこんなことにならなかった——そう思うと、悔やんでも悔やみきれない。

「なにか言うことはないんですか？」

夜叉のような恐ろしい眼つきで、芽衣子に睨まれた。

「すまん……」

津久井はとりあえず頭をさげた。

「黙ってこっちに来ちまったのは、さすがに悪かったと思ってる。申し訳ない……」

謝り方に、注意が必要だった。無条件降伏するわけにはいかなかった。彼女とは、もう離婚するしかない。となると、こちらの非ばかり認めてしまっては、ペナルティが重くなっていくばかりだ。

「どうして、ここがわかったんだ？」

津久井の問いに、芽衣子はひどく不快そうな顔で答えた。

探偵に頼んだらしい。

津久井の友人たちに聞きこみ調査が行われ、東京にいることが発覚すると、あとは簡単な作業だったという。住んでいるマンションから、早苗の勤めているキャバクラまで特定され、これほど無防備なかけおちカップルはなかなかいませんよ、と探偵は笑っていたらしい。

もちろん、その顚末《てんまつ》を話す芽衣子は笑っていなかった。時に怒りに声を震わせ、時に涙で言葉をつまらせながら、津久井を睨みつけてきた。

「あなたって人は……本当に信じられません。わたしはわたしなりに、あなたに尽くしてきたつもりです。あなたの仕事がうまくいかなくて、生活費もままならないときでも、わたしは一度だって文句を言ったことがありますか？　それをこんな形で裏切るなんて……しかも二十も年下の姪っ子とかけおち……わたしが田舎でどれだけ恥ずかしい思いをしたか、あなたにわかりますか？」

「ちょっと待ってくれ。おまえはなにか勘違いしている」

津久井は必死に平静を装った。

「俺たちはべつに、かけおちしたわけじゃない。男女の関係がないんだから、かけおちって言葉は適切じゃないんだ。俺はただ、東京に行きたいっていう早苗の夢を叶えてやるために、ナビゲーターとしてついてきてやっただけだ。言ってみれば保護者的な立場でだな……」

「そんなこと、よくシャアシャアと言えますね」

芽衣子は声を尖らせた。

「あなたたちの暮らし向きも、ちゃーんと調査報告であがってきてるんですよ。あなたは仕事もしないでぶらぶらして、キャバクラ嬢をしている早苗ちゃんのヒモを決めこんでたって……ねえ、早苗ちゃん、そうなんでしょ？」

早苗は答えない。下を向き、嗚咽をこらえるように口を押さえる。

「黙ってちゃわからないでしょ？　もう全部バレてるの。あなたのお父さんやお母さんも全部知ってて。今日はとりあえず……大事にならないように、わたしがひとりで迎えにきたけど……」

「わたしっ……」

早苗が涙声を絞りだす。

「わたし、田舎に帰りたくないですっ……」

「なにを言ってるの？」

芽衣子が眼を吊りあげると、早苗は嗚咽をもらしはじめた。

「泣いたってダメなのよ。これは泣いて誤魔化せるようなことじゃないの。あなたのお父さんもお母さんも、毎晩眠れないくらいに心配してたのよ。とりあえず帰って状況を説明しないと……」

「嫌です……」

「早苗ちゃんっ！」

芽衣子が声を荒らげると、早苗は泣き声をもらすばかりで、まったく言葉を返さなくなった。さながら、駄々をこねている少女のような姿に、津久井はひとり、鼻白んだ。これがゆうべ、三人の男を相手に、痴態の限りを尽くしていた女だと思うと、鼻白まずにはいられなかった。

「ねえ、あなたからもなんとか言って」

「なんとかって……」

津久井は力なく首を振った。

「帰りたくないって言ってるんだから、しようがないじゃないか」

「なにがしようがないんですか」

芽衣子は津久井を睨みつけ、早苗に言った。

「そんなに東京でキャバクラ嬢をしているのがいいわけ？　だったら好きなだけやればいいけど、それにしたって一回は帰らないとどうしようもないでしょ」

視線が津久井を向く。

「もちろん、あなたもよ。さっきみたいな真っ赤な嘘、お姉ちゃんやお義兄さんにも言えるもんなら言ってみなさい。大人として、土下座して謝るのが筋だと思いますけど……」

「わたしは秋彦さんに騙されたんですっ！」

突然、早苗が大声をあげた。

「秋彦さんが東京に行こう行こうってしつこく言うから、なんとなくついてきちゃっただけで……最初は一週間くらいかと思ってました。なのにもう帰れないからって、仕事までさせられて……」

おいおい、と津久井は胸底で突っこんだ。話がめちゃくちゃだった。最初にかけおちをもちかけてきたのは、自分のほうではないか。それに、無理やり連れてこられたと言い張るなら、先ほど帰郷を拒んだ意味がわからない。

なるほど……。

キャバクラで大金を稼ごうが、底なしの欲望を４Ｐで解消しようが、所詮は二十歳の小娘なのだ。

そういう女に手を出した自分が愚かだったのである。

しかし、だからといって、すべての責任を引っかぶり、田舎に戻って土下座行脚をする気にはなれなかった。

早苗が自分だけの女だったなら、あるいはそういう気持ちになったかもしれない。

津久井の脳裏にはまだ、ゆうべの光景が生々しく焼きついたままだった。男三人を相手に、セクシーランジェリー姿で男根の舐め比べをし、上の口でも下の口でも代わるがわる男根を咥えこんで、顔を真っ赤にしてイキまくっていた女のために、誰がそこまでするものか。

「とにかく……」

津久井は声音をあらためて言った。

「今日のところは引きあげてくれないか」

「はあ？」

芽衣子は唖然とした顔で言った。

「わたしはね、あなたたちを田舎に連れて帰るためにここに来たのよ。意味わかってる？」

津久井は答えなかった。早苗もうつむいて黙っている。重苦しい沈黙だけが、広々としたリビングを支配する。

「……わかりました」

芽衣子は呆れたように溜息をついた。

「それじゃあ近々、その子の両親と一緒に出直してきます。あなたのご両親にも同席してもらいますから、そのつもりでね」

吐き捨てるように言うと、立ちあがって玄関に向かった。

「おいっ！」

津久井は追いかけ、芽衣子の腕をつかんだ。

「親父やお袋は関係ないだろ。よせよ、年寄りを巻きこむのは……」

「関係ないことないでしょっ！」

芽衣子は叫んだ。

「それじゃあわたしは、この理不尽な状況を誰に訴えればいいんですか？　尽くして尽くしてこっぴどく裏切られて、ようやく見つけたと思ったら、謝るどころか開き直るばっかり。この誠意の欠片もない男をこの世に送りだした人たちに、せめてひと言叱ってもらいたいと思うのは、ごく普通の、誰もが納得する常識的な考え方じゃないですか？」

芽衣子の眼に涙が浮かんだので、津久井は腕を放した。芽衣子は泣き顔を隠すように、あわただしく玄関から出ていった。

2

東京で生まれ育ったとはいえ、港区白金界隈には縁がない。

この街で暮らす裕福層の主婦を指すシロガネーゼという言葉を、からかい半分以外の理由で口にしたこともない。

　とはいえ、さすが白金、と言いたくなる。行き交う女たちを眺めていると唸ってしまう。いい服を着ている。高そうなバッグを持っている。押しているベビーカーから、連れている犬までこれ見よがしに金がかかっていて、世間の不況などどこ吹く風だ。

　津久井は白金のランドマークになっている、洒落たオープンカフェでビールを飲んでいた。時刻は午後七時、夜はまだ始まったばかりである。

　店舗から知花が出てきた。妙に内股なのがおかしい。

「脱いできたか？」

　津久井が訊ね、知花はコクンとうなずく。

「どれ？」

　手を差しだした。知花はまわりを視線でうかがいながら、素早く右手を差しだしてきた。津久井は受けとった。女の下着は小さい。丸めれば手のひらに収まる。津久井は知花のショーツを握りしめた手を、鼻先にもっていった。鼻から大きく息を吸い、匂いを嗅いでやる。

　知花が恥ずかしそうにうつむき、

「どうした？」

　津久井は意地悪く笑いかけた。

「突っ立ってないで、座ればいいじゃないか。ビールがまだ残ってる」

「いえ……」

知花は困惑に顔を歪めた。

「座ると、さすがに……見えてしまいますから……」

この店での待ちあわせにやってきた彼女に、津久井はふたつのことを言い渡した。トイレに行ってショーツを脱いでくること。そして、タイトスカートのウエストをたくしこみ、丈を股間ぎりぎりまで短くすることである。

マゾヒストにとって、ご主人さまの命令は絶対だった。知花も言われたことを忠実に実行した。グレイのタイトスーツを着ているのだが、スカートの丈だけが不自然に短い。なるほど、座ればショーツを着けていない、パンスト直穿きの股間が見えてしまいそうである。

「座るんだ」

津久井が眼を据わらせていうと、知花は震える唇を嚙みしめながら、恐るおそる向かいの席に座った。完全に見えた。ナチュラルカラーのストッキングの向こうに、黒い草むらとくすんだ陰部が透けていた。センターシームが少しばかり邪魔だったが、ノーパンであることははっきりとわかる。

まわりの席に客はいなかったし、夜闇が視界をぼんやりさせていることが、知花にとっては救いだった。

「いやらしいな」

　卑猥に笑いながら、低くささやく。

「こんなお洒落なカフェでオマンコ見せて、恥ずかしくないのかよ」

　目の前の道を歩いている女たちを見やりながら言うと、

「ううう……」

　知花はすぼめた肩を震わせた。屈辱に震えているのだ。どうやら作戦は成功だったらしい。津久井があえてこんな街で待ちあわせをしたのは、彼女のコンプレックスをくすぐるためだった。容姿だけなら、元女優の知花はシロガネーゼにも決してひけをとらない。むしろ勝っている。だが、三十路を過ぎた女の美しさは、生来の造形美だけでは計れないのだ。手入れの行き届いた髪や素肌、グレードの高い化粧品、流行の最先端の服や靴やバッグやネイル――それらを可能にする経済的な余裕に加え、パートナーに深く愛されている自信が、女を美しく輝かせる。

　残念ながら、その意味で知花はシロガネーゼにすっかり後れをとっている。おまけに変態だ。同性代の女たちが豊かな人生を競いあっている中で、ノーパン直穿きの股間を露わにしている。

劣等感を掻きたてられ、内心では屈辱に身悶えていることだろう。

だが、それにすら屈折した快感を覚えてしまうのが、変態の変態たるゆえんなのである。恥ずかしい目に遭わされることで、得も言われぬ境地にいざなわれるのだ。決して恥ずかしくないわけではない。逆に度を超えた羞恥心をもっているからこそ、そういうねじれた性癖が生じてしまうに違いない。

「行こうか」

津久井は立ちあがり、会計をすませて店を出た。

「背中を丸めて歩くなよ。恥ずかしがってると、かえって目立つからな」

肩を並べて歩きながら、小声でささやく。知花はすらりとしたスタイルをしているし、もともと姿勢がいい。胸を張って歩いていれば、不自然に丈の短いスカートも、そういうデザインと思わせるところがある。

だが……。

街中はそれでやりすごせても、満員電車となるとどうだろう？

「あのう……」

知花が腕をつかんできた。

「ちっ、地下鉄に乗るんですか？」

「ああ」

津久井は当然とばかりにうなずいた。

「あいにく貧乏暮らしでね、タクシーに乗る金がない」

「おっ、お金ならわたしがっ……」

「なに？」

睨みつけると、知花は身をすくめた。

「俺が地下鉄に乗るって言ってるのに、一緒に乗るのが嫌なのか？」

もちろん、そういうわけではないだろう。太腿をほとんど露出した超ミニのスカートだから嫌なのだ。おまけにその下は、大事な部分が無防備なパンスト直穿きなのである。

もし痴漢に遭ったら……。

知花の不安は、当然だった。しかし、津久井の狙いもまた、そこにあった。今日という今日は、ドMの彼女をとことん追いこんでやると、欲望を煮えたぎらせていた。まずは痴漢の生け贄になってもらい、どこまで耐えられるか試してやるのだ。

「行くぞ……」

腕をつかんでいる知花の手を払い、逆に腕をつかんで階段をおりていく。腕をつかんでいると、全身を震わせているのがはっきりわかった。地下鉄に続く階段が、彼女には冥府魔道にも思えているに違いなかった。

ホームはそれほど混雑していなかった。

しかし、帰宅ラッシュの時間帯なので、車内までそういうわけにはいかない。ぎゅうぎゅうづめの中、押し合いへし合いしながらでなくては、乗車することもできなかった。

津久井はあえて、知花と距離をとった。彼女には乗車前、ドア付近の位置をキープするように指示してある。それが視界に入るポジションを確保できるまで、ふた駅ぶんほどかかった。前が座席になっているところで吊革につかまっている乗客は、例外なくスマートフォンを眺めていたので、津久井も目立たぬようにそれを出した。

ドア際の位置に立っている知花は、バッグを胸に抱えこみ、苦悶の表情を浮かべている。眉間に深々と縦皺を刻み、いまにもハアハアと呼吸さえはずませそうである。

もう触られているのだろうか？

それとも、触られることを恐れているだけか？

せっかくスマートフォンを手にしているので、メールを打ってみることにする。

——どうだ？

バッグの中でスマホがヴァイブしたのだろう。知花はビクンとしてそれを取りだした。

――触られてます。

レスが来た。

――どこを？

――お尻と……。

言葉が途中で切れている。尻の肉だけではなく、桃割れの奥まで手指が侵入してこようとしているのだろうか。

予想以上にスピーディーな展開だった。

痴漢が早くも知花の尻を……。

津久井は勃起しそうになってしまった。しかし、こんなところで股間にテントを張るわけにはいかない。津久井の前に座っているのは、二十代前半、ＯＬふうの可愛い女だった。勃起すれば、彼女に見つかってしまう。

――気持ちいいのか？

なかなかレスはなかった。知花の顔はますます苦悶に歪み、眼の下が赤くなっている。額に浮かんだ脂汗が、いやらしいほどテカッている。

――スカートをめくられてます！

津久井は息を呑んだ。乗客に囲まれているので、知花の体、とくに下半身を見ることができない。しかしそこでは、まわりの乗客が想像もできないくらい、破廉恥な犯罪行為がなされているらしい。

知花の穿いているスカートは、もともと股間ぎりぎりだったのだ。それをめくられているということは、パンスト直穿きの下半身が丸出しになっているということに他ならない。

地下鉄が駅で停車した。

ドアが開くと、乗り降りする客が入り乱れ、知花は揉みくちゃにされた。ドア付近の立ち位置をキープできず、前後左右を乗客に囲まれる格好になった。見事に中年男ばかりが、彼女のまわりに集まっていた。

相変わらず、津久井から見えているのは知花の顔だけだ。

みるみるうちに、その顔が生々しいピンク色に染まっていった。眼の下どころか、顔全体が紅潮し、耳まで真っ赤に染まっていく。

――どうなってる？

メールを打っても、レスはない。打てないのだ。スマホを持った左手で、知花は口を押さえていた。声が出るのをこらえているのだ。右手では、バッグを持っているはずだった。

となると、下半身はどうなっているのだろう？

知花を取り囲む中年男たちは、判で押したように無表情を装っている。耳まで真っ赤にしている彼女との、コントラストが鮮烈だった。無表情を装っていても、手指はきっちり働いているのだ。

正直、驚いた。

知花のまわりはいま、痴漢ばかりなのではないか。前後左右から手指を伸ばされ、触手さながらに、ねちねち、ねちねち、性感帯を刺激されているのだ。尻を撫でられるどころか、こんもりと盛りあがったヴィーナスの丘も、あるいはその下の柔らかい肉まで……。

痴漢は敏感に察知したのだ。ここに刺激を求めている女がいると。触ってほしいとアピールしていると。

そういうアンテナをもたない痴漢は、あっという間にブタ箱行きだ。生き延びている痴漢は、相手を見誤らない。触っても悲鳴をあげない女を、とことん触る。不自然なほど短いミニカートを穿いている痴女まがいなら、サービスのつもりでクリトリスやアヌスまでいじりはじめる。

「……っ！」

知花が眼を見開き、声にならない声をあげた。

津久井は勃起をこらえきれなくなり、次で降りるふりをして体を反転させた。知花の下半身がいま、どういう状況にさらされているか、知りたくて知りたくていても立ってもいられなくなってきた。

3

「服を脱ぐんだ」

ラブホテルの部屋に入るなり、津久井は興奮にうわずった声で命じた。

「パンストとハイヒール以外は全部脱げ。脱いで、気をつけ、だ」

「ううう……」

のろのろとジャケットのボタンをはずしはじめた知花の顔は、熱でもあるかのようにぼうっとしていた。もちろん、風邪をひいているわけではない。ぎゅうぎゅうづめの満員電車で、複数の男に痴漢されつづけた余韻である。

実際に乗車していたのは十五分ほどだろう。

それでも津久井には、三十分以上に感じられた。知花にとっては、一時間か二時間、それ以上に感じられたかもしれない。

知花が服を脱ぎおえる。何度も見ているヌードなのに、ナチュラルカラーのパンティストッキングと黒いハイヒールに飾られていると新鮮だった。

極薄のナイロンが腰から下だけに艶めかしい光沢を与えているその姿は、滑稽でありながら、たまらなくいやらしい。滑稽であるがゆえに、いやらしいのかもしれない。全裸になれば美しくもあり、女らしくもあるスタイルを、腰まであるナイロンが台無しにしている。

おまけにパンストは直穿きで、小判形の草むらが透けていた。さらに言えば、その下半身は、つい先ほどまで痴漢の慰みものになっていたのである。たとえ眼に見えなくても、彼らの指紋や手のひらの脂がべっとりと付着している。

「どんなふうにされたんだ？」

津久井は知花のまわりを歩きながら訊ねた。前からの眺めもいやらしいが、後ろからの眺めも格別だった。知花は乳房が小ぶりなかわりに、ヒップがとても豊満だった。八年前、津久井の映画に出たときには見事な張りがあったが、さすがに垂れかかってきている。実りすぎた果実のように、重力に負けそうになっている。それが極薄のナイロンに包まれている光景は、生唾を呑みこみたくなるほどエロティックだ。

「最初は……お尻を触られました……」

知花は震える声で言った。眼の下がねっとりと紅潮していた。

「ドアの方を向いてましたから、そこしか触るところがなかったんだと思います。手の甲で撫でられました。間違いありません。手のひらではありませんでした。それで抵抗しないと、すぐに手のひらが襲いかかってきました。お尻の丸みを吸いとるみたいに、いやらしい手つきで……わたしはおぞましさに身震いしました。だって……だって、わたしは好きな人以外にこの体を触らせたことがないんです。痴漢だって、普通なら睨んで撃退します……」

「でも、たっぷりと触られた」

津久井は知花の正面に立ち、咎《とが》めるように言った。知花がうつむきかけると、顎に指を添えて顔をあげさせた。

「気持ちよかったんだろ？」

困惑もあらわに首をかしげる。

「気持ちいいなんて……そんなこと考える余裕がありませんでした。お尻を撫でている手つきはどんどん大胆になって、ぎゅうぎゅう揉みしだいてくるし、スカートをめくりあげられるし、メールも返さなきゃいけなかったし……」

「電車が停まって、真ん中の位置に押しこまれたろう？」

「……はい」

「あれからどうなった？」

「どうって……」

眼の下の紅潮が顔全体にひろがっていく。

「びっくりしました……ひとつの車両に、いいえ、わたしのまわりだけで、いったい何人の痴漢がいるんだろうって……手のひらがいくつもいくつも吸いついてきて、無数の指がいろんなところで蠢《うごめ》いて……もうめちゃくちゃでした。スカートを腰まで完全にずりあげられて、好き放題に……」

「どこを触られた？」

息のかかる距離で訊ねる。

「尻の穴か？」

知花がうなずく。

「オマンコもか？」

眼をそらして、悔しげにうなずく。

「どんなふうに触られたんだ？」

「だから、そんなこと考える余裕は……」

「こんなふうにか！」

顎を押さえていた指を、下半身に移した。極薄のナイロンが小高さを強調しているヴィーナスの丘を、手のひらで包みこんだ。

「ううっ！」

知花が紅潮した顔を歪め、情けない中腰になる。ヴィーナスの丘を手のひらで包めば、中指が自然と割れ目の上にあてがわれる。妖しい熱気を感じる。ざらついたナイロンの奥が、ヌルヌルになっているのが伝わってくる。

「濡らしてるじゃないか?」

津久井は勝ち誇ったように言った。

「好き放題に痴漢されて、オマンコびしょ濡れにしてるのは、誰なんだ?」

中指をくなくなと動かすと、

「ううう っ……」

知花は猥《みだ》りがわしく腰をくねらせた。両膝が激しく震えていて、いまにも腰が砕けそうだった。地下鉄の中でも、最後のほうは何度もしゃがみこみそうになっていた。まわりの痴漢たちがそれを許してくれず、そうなるたびに支えられていたのだ。

「お仕置きが必要だな」

言葉に反応し、知花がビクンとする。

「痴漢されてオマンコ濡らしてしまうようなドスケベな淫乱には、とびきりきつーいお仕置きが必要だろ?」

「くっ……くぅううっ……」

知花が屈辱にむせび泣く。ドMだからといって、屈辱を感じないわけではない。知花はおそらく、痴漢にあっても気丈な態度でいようと胸に誓って、満員電車に乗りこんだはずだった。なのに、体が反応してしまう。感じて、濡らしてしまう。それにいちばん傷ついているのは、他ならぬ彼女自身なのだ。

「黙ってちゃわからんぞ、お仕置きが必要なんだろ？」

「おっ、お願いしますっ……」

がっくりとうなだれて言った。

「痴漢で感じてしまうようなっ……ドッ、ドスケベな淫乱にっ……お仕置きをしてくださいっ……」

「よーし」

津久井は知花の顔をのぞきこみ、ニヤリと笑った。知花は可哀相なくらい顔をこわばらせ、瞳に怯えを浮かべている。今日はどれほどひどい目に遭わされるのかと想像し、暗い穴に落とされるような恐怖に身をすくめる。心臓が刻む激しい鼓動まで聞こえてきそうだ。

もちろん、期待を裏切るつもりはない。腕を取り、ひとり掛けのソファに座らせた。今日は知花と会う前に、アダルトショップに寄っていろいろと獲物を仕込んであった。そのひとつを、バッグから取りだす。

真っ赤なロープだ。

不安げに眼を泳がせている知花の両手を縛り、頭の上からおろせないようにした。バンザイをして、左右の腋窩《えきか》をさらした状態だ。さらに両脚をM字に割りひろげ、閉じられないように拘束する。

「いっ、いやっ……」

手も脚も出ない状態にされ、知花の顔からは血の気が引いていった。

「いい格好だよ」

津久井は知花を見下ろして大きく息を呑んだ。上半身はトップレス、下半身はパンスト直穿きに黒いハイヒール。大股開きでアーモンドピンクの花びらさえ極薄のナイロンに透けさせたその姿は、まさに肉便器か性奴隷で、額に黒筆でそんな卑猥な文字を書きつけてやりたくなる。

津久井は続いて、電動マッサージ器を取りだした。スイッチを入れると、ブルルルルルッ……という重い振動音がラブホテルの部屋の淫靡な空気を揺らした。

「使ったことあるかい？」

知花が首を横に振る。驚愕に眼を見開いている。

「本当かな？　キミみたいなドスケベな淫乱、おまけにド変態のM女が……」

「ありません」

知花が強く首を振る。

「オナニーをするんだろう？」

知花はまだ首を振っている。

「嘘つけ！」

津久井は電マのヘッドを乳首にあてた。

「あううっ！」

悲鳴があがり、南国の花のように赤い乳首がむくむくと突起してくる。

「オナニーくらいはしてるだろう？」

「ううう……」

知花が首を振る。だがその振り方は次第に弱々しいものになっていく。

「あううっ！」

津久井はもう一方の乳首に電マのヘッドをあてた。ほんの一、二秒で充分だった。左右の乳首とも、淫らなほどに尖りきった。

「気分はどうだい？」

知花の顔はみるみる真っ赤に上気していき、ハアハアと息をはずませている。

「こんなものでクリトリスをいたぶったら、感じすぎて馬鹿になっちゃうんじゃないかね？」

振動するヘッドを、太腿にあてる。二、三秒ずつ、左右を代わるがわる……。

「あああっ……あああああっ……」

知花は眼尻が切れそうなほど眼を見開き、紅潮した顔をこれ以上なくこわばらせていく。実際に刺激する前の、想像のほうがマゾ心をくすぐるらしい。太腿に電マをあてるたびに、知花の表情は切羽つまっていく。

「今日のお仕置きは辛口だぞ……」

津久井は脂ぎった笑顔を浮かべ、電マのヘッドを知花の鼻先に近づけた。

「なにしろ痴漢に触られて、感じまくっていたんだからなあ。これほど恥ずかしいことはないぜ、女として……そうだろう？」

ブルブルと震える電マのヘッドを、M字開脚の中心に押しつける。

「はっ、はぁあああああーっ！」

知花は甲高い悲鳴をあげ、白い喉を突きだした。複数の痴漢により、好き放題にいじられていた部分である。感じる下地はできている。オルガスムスに達するのに、それほど時間はかからないだろう。

4

「もっ、もうダメッ！　もうダメですっ！」

知花の絶叫が、ラブホテルの部屋に響いた。

「まっ、またイクッ……またイッちゃいますううううーっ！」

「イケばいいよ」

津久井は顔の汗を拭いもせずに言った。右手に握りしめた電マは、もうずいぶん長い間、振動しっぱなしだった。とはいえ、押しつけつづけると女体の感度が鈍るらしいので、小刻みにくっつけたり離したりを繰り返している。パンストに透けているアーモンドピンクの花びらと、その上端にあるクリトリスを、執拗に責めつづけている。

「……イッ、イクッ！」

ビクンッ、ビクンッ、と股間を上下に跳ねあげて、知花は絶頂に達した。電マを払いのけるほどの、すさまじい勢いだった。それを端緒に、全身の痙攣が始まる。手脚を拘束された不自由な体をしきりによじらせ、押し寄せる喜悦の波に翻弄される。

「もう三回目か……」

津久井は電マのスイッチを切り、木製の洗濯ばさみを手にした。同じものがすでに、知花の左右の乳首にとめられている。絶頂に達するたびに、挟んでいくことにしたのだ。

「もうとめるところがないぜ。ああん？」

ハアハアと息をはずませている知花に顔を近づけ、耳殻《じかく》にふうっと息を吹きかけてやる。それだけで知花は、汗ばんだ裸身をぶるぶると震わせる。

汗は首筋から胸元にかけて、そして腋窩がもっとも顕著だった。わずかに青い剃り跡が残ってる腋の下が、汗で濡れ光っている様子はたまらなく卑猥で、津久井は舌を伸ばして舐めまわした。

「あああっ……はぁあああああーっ！」

まだ余韻が過ぎ去っていない知花は、したたかに身をよじった。イッたばかりの愛撫をくすぐったがる女は多いが、彼女はどうだろうか？　くすぐったいならくすぐったいで、舐めまわす価値があった。彼女は普通の女ではなく、ドＭだからである。

「ああっ、やめえっ……許してくださいっ……」

「なにが許してだ」

津久井は鼻で笑った。

「立てつづけに三度もイッておいて、恥ずかしくないのか？　もう洗濯ばさみをとめるところもないぞ」

「ううう……」

知花の顔が羞恥に歪みきる。実際、羞じらってしかるべき連続絶頂だった。あまりの貪欲さに、津久井も少し引いているくらいだ。

「舌を出せ」

「えっ……」

「他に洗濯ばさみをとめるところがないんだよ。舌を出すんだ」

「ううう……んあああっ……」

知花はいまにも泣きだしそうな顔で、舌を差しだした。津久井は洗濯ばさみをとめた。なかなか見ものだった。これほどみじめで卑猥な女の姿というのも、ざらにはないだろう。

「好きなんだろう？」

ククッ、と喉の奥で津久井は笑った。

「こんなふうに辱められるのが、おまえはたまらなく好きなんだよなあ？」

知花が顔をそむける。

「自分でも見たいだろう？　んん？　そうなんだろう？」

津久井がスマートフォンを出してレンズを向けると、

「らっ、らめてっ！」

知花の顔色が変わった。

「らめてくらさいっ！　撮らないでっ！」

ドMの彼女とはいえ、写真撮影だけは絶対にNGだと以前言われたことがある。知花は元女優だった。引退していても、出演作品のDVDがレンタルショップの棚に並んでいるし、ネットで名前を検索すれば大量の画像が出てくる。万が一にも、卑猥な画像が流出することなどあってはならないのである。

津久井も同じ業界にいたから、そのあたりの事情はよくわかる。いままで写真を撮ろうとしたことはない。しかし今日は特別だった。これほどの被写体を前に、撮影を我慢するのは拷問に等しい。

「らめてっ！　らめてっ！」

叫ぶ知花に向かって、シャッターを切る。カシャリという電子音が、その顔を青ざめさせる。

「なにが『らめて』だよ」

津久井は笑った。

「そんな間の抜けた哀願をされると、よけいに撮りたくなってくるよ」

カシャ、カシャ、とシャッターを切る。

「あああっ……あああっ……」

知花が涙を流す。しかし、閉じることができない口から涎が垂れているので、悲愴感はない。むしろますますいやらしい顔になっていくばかりだ。

「心配しなくても、ネットに流出させるようなことはしないよ。約束しよう。ただね……」

意味ありげに言葉を切り、知花を見つめる。知花は涙眼をぎりぎりまで細め、舌にとめられた洗濯ばさみを震わせる。

「ダンナに見せたら、どうなるだろうね？　ククク、百年の恋も冷めるんじゃないかな？」

知花の顔色が絶望一色に染め抜かれた。

「キミにとっては好都合じゃないかな？　別れたいんだろう？　ギャンブル狂いの男なんか捨てて、自由になったらいいじゃないか？」

知花は激しく首を振り、舌にとめられた洗濯ばさみを飛ばした。

「やっ、やめてくださいっ……そんなことっ……それだけは絶対にっ……夫にこんな姿を見られたらっ……わたしっ……いっ、生きていけないっ……」

「おいおい……」

津久井は鼻白んだ顔になった。

「まさかキミは、ダンナのことをまだ愛してるのかい？　ギャンブル狂だとさんざん罵《のの》ってておきながら……それどころか、こんな変態プレイに興じておきながら、ダンナのことが好きなのか？」

「違います」

「いーや、違わない」

津久井は床に落ちた洗濯ばさみを拾った。

「舌を出せ」

知花は口を真一文字に結んだ。挑むような顔で睨んできた。こんな反抗的な態度は初めてだった。凛々《りり》しい表情に、津久井は一瞬、見とれてしまった。元が美形なので、引き締まった表情をしていたほうが美しさが際立つ。

いや……。

凛々しい顔をした彼女を泣かせてやりたいと思ったからこそ、見とれてしまったのかもしれない。ドMの彼女をいたぶることに淫しながらも、どこか物足りなく感じていた理由がわかった。従順な女をいたぶるより、いたぶることで従順にさせるほうが、責める悦びは大きいのだ。

「よーし、わかった」

津久井は洗濯ばさみをうっちゃり、電マを手にした。

「キミがイクのを我慢しきったら、写真はダンナに見せないでおこう」

電マのスイッチを入れる。しばらく静かだった部屋の中に、ブルルルルッ……という重い振動音が再び轟く。

「ただし、イッたら見せる」

知花が息を呑む。

「女を寝取られた場面を目の当たりにするのは、男にとってはこれ以上ない屈辱なんだよ。ましてやイキまくっている顔を見せつけられたら、全身から力が抜ける。立ちあがれないほどのダメージを受ける……」

津久井の声は震えだし、それを隠すために口を閉じた。

早苗の裸身が、脳裏をよぎっていったからだ。男三人を相手に、腰を振りまくっている姿だ。

これ以上ない屈辱としか言いようがなかった。目の当たりにしているときは、二度と立ち直れないと思った。

しかしいまは、落ちこむ以上に、どす黒い欲望がふつふつとこみあげてくる。言葉責めだけではなく、本当にやってみたくなった。知花の夫に、とびきり破廉恥な画像を送りつけてやりたい。あの生きているのが嫌になるような絶望感を、自分以外の誰かにも味わわせてやりたい……。

5

津久井は気を取り直して知花を見た。

ブルブルと震えている電マのヘッドを乳首に近づけていき、洗濯ばさみをはじきとばす。

「あううっ！」

知花が短い悲鳴をあげる。津久井はもう一方の洗濯ばさみもはじきとばした。見事なまでに突起した円柱状の乳首を、口に含んで吸った。ねちっこく舐め転がしてやった。

「あああっ……」

一瞬、知花は眼の焦点を失った。彼女が感じることを我慢しようとしているのは、間違いなかった。それだけは譲れないという顔をしていた。しかし、体は反応してしまう。洗濯ばさみで無慈悲に挟まれていた性感帯を、生温かい舌で舐めまわされれば感じてしまうのだ。

「くぅううっ！」

乳首を舐めながら電マを股間に押しつければ、ビクビクと腰が跳ねあがった。これまで三回イカせたことで、津久井は電マの扱いに慣れてきていた。触るか触らないか、ぎりぎりのタッチがいい。それで、クリトリスを中心に責める。緩急をつけて刺激を送りこんでいく。いささか情緒に欠けるものの、舌や指による愛撫より、効果は確実だ。

「くぅうっ……くぅううぅーっ！」

知花は顔を真っ赤に燃やしながらも、必死になって歯を食いしばっている。宙に浮いたハイヒールの中で、足指を丸めているのがはっきりわかる。

こらえても、無駄だった。

イキたがっているのもまた、彼女だからである。

頭でいくらこらえようとしても、体は意思を離れ快楽を欲する。時間が経つほどに、獣じみた匂いがむんむんとたちこめてくる。

濡らしているのだ。パンストの股間部分はすでに淫らなシミができているが、極薄のナイロンに包まれた女性自身は耐えがたいほど熱く疼いているのだ。

「いい顔になってきたぞ」

津久井は脂ぎった笑みを浴びせた。

「イキたくてイキたくて、辛抱たまらんって顔だ」

「そっ、そんなことっ……」

首を振って否定しても、すっかり息がはずんでいる。速まる呼吸が、リズムをつくりだす。そのリズムに呼応して、腰が動く。いやらしいほどくねっていたかと思えば、股間がビクンと跳ねあがる。

操っているのは、もちろん津久井だった。電マの動きが知花にリズムを与え、リズムが快楽を倍増させていく。いったんリズムに乗ってしまえば、もう冷静さを取り戻すことはできない。ブレーキなど存在しない。快楽の頂に達するまで、淫らなダンスを踊りつづけるしかない。

「いっ、いやっ……」

拘束された五体をよじる。喜悦の痙攣が起こりはじめる。

「イキそうなのか？」

知花が唇を嚙みしめる。

「素直にならないと損をするぞ」

「あああっ……」

股間から電マのヘッドを離すと、知花は眼尻をさげてやるせない声をもらした。すぐそこまでオルガスムスが近づいていたことは、一目瞭然だった。

焦らし抜いてやるのも、面白いかもしれない。

いつか早苗にしたように、プライドを捨てるまで寸止めの生殺し地獄でのたうちまわらせてやるのも、欲望深きドMには似つかわしいやり方のような気がする。

しかし、津久井が選択したのは逆のやり方だった。

すでに三度もイカせたあとで、焦らしプレイというのも間が抜けている。こうなった以上、嫌というほどイカせてやったほうがいい。

津久井はいったん電マのスイッチを切り、服を脱いだ。ブリーフまで一気に脚から抜いて、勃起しきった男根を反り返らせた。

知花が固唾《かたず》を呑んでこちらを見つめている。

津久井は口許に卑猥な笑みを浮かべながら、ギラついた眼で知花を見た。パンストに包まれ、M字に開かれている両脚を撫でた。敏感な内腿をくすぐるように刺激してやると、身をよじった。それでも、視線は津久井から離さなかった。津久井もまた知花を見ていた。視線と視線をからめあわせながら、内腿をくすぐりまわしてやる。

やがて、極薄のナイロンをつまみあげた。ビリビリッ、というサディスティックな音をたて、破ってやった。

「あああっ……」

知花の口から、空気のもれるような声がこぼれる。ついに剝きだしにされてしまったのだ。極薄のナイロンとはいえ、もっとも敏感な部分を守っていた薄布が引き裂かれ、発情の粘液に濡れまみれた女の花が露わになってしまったのだ。

津久井はすかさず、切っ先を割れ目にあてがった。ずぶずぶと知花の中に入っていった。

「んんんーっ！　くぅうううーっ！」

知花が首に筋を浮かべてのけぞる。淫らな悲鳴をこらえているのは、イクこともこらえてやるというアピールらしい。

いい女だった。

津久井は彼女に対して、初めてそんなことを思った。いい女であればこそ、屈服させ、従順にさせる価値がある。欲望が雄々しく震え、全身が燃えるように熱くなっていく。

ずんっ、と最奥まで突きあげた。

「ぐっ……ぐぐぐっ……」

知花は歯を食いしばって声をこらえた。

それでいい。

鋼鉄のように硬くなった男根をゆっくりと抜き、ゆっくりと入れ直した。腰をグラインドさせ、肉と肉とを馴染ませた。煮えたぎるように熱くなった肉ひだをひとしきり攪拌すると、電マを手にした。スイッチを入れて、重い振動音を鳴り響かせた。

知花の顔が凍りつく。

津久井は笑う。口許だけで笑いながら、鬼のように険しい眼つきで、凍りついた知花の顔を舐めるように眺めまわす。

ピストン運動を開始する。

一拍おいて、電マのヘッドをクリトリスに押しつけてやる。

「あううっ！　はぁうううううーっ！」

知花はさながら、パニックに陥ったような悲鳴をあげた。手脚の拘束がなければ、暴れだしていたかもしれない。だが、真っ赤なロープは無情にも彼女の手首や太腿に食いこみ、あられもない格好から逃がさない。ぬんちゃっ、ぬんちゃっ、と粘りつくような音をたて、男根が悠然と抜き差しされる。その音を掻き消す勢いで、電マのヘッドが唸る。とびきり敏感な肉の芽に、暴虐なまでの快感を与える。

「いっ、いやあああーっ！　いやあああああーっ！」

知花はちぎれんばかりに首を振り、長い黒髪を振り乱した。

「こんなのダメッ！　ダメダメダメえええええっ……」

ほとんど半狂乱だった。オルガスムスが押し寄せてきていることが、津久井にもはっきりとわかった。蜜壺に手応えがある。一打一打ストロークを送りこむごとに、肉ひだの吸いつきが強くなっていく。まだフルピッチに達していない男根を、奥へ奥へと引きずりこもうとする。

「ダッ、ダメッ……」

知花の歪んだ顔に諦観が浮かんだ瞬間、津久井は電マを股間から離した。腰使いも、直線的なストロークからグラインドに変えた。

ハアハアと息をはずませながら、知花が見つめてくる。混乱が伝わってくる。もはや軍門に降るべきか、徹底抗戦で玉砕なのか……。

「次は途中でやめたりしないぞ」

津久井の右手には、重い振動音を放つ電マが握られている。空いている左手で、スマホを持った。

「静止画像より、ムービーのほうがいいな。動画で撮影しよう。キミのダンナさんへのプレゼントを」

「いっ、いやあああああっ……」

知花が阿鼻叫喚の悲鳴をあげる。しかしその声音は、すぐに淫ら色に染まりきった。津久井がピストン運動を再開したからだ。フルピッチで最奥を突きあげながら、クリトリスに電マのヘッドを押しつけたからだ。

「さあ、イクんだっ！」

汗まみれの顔で、津久井が叫ぶ。

「浅ましいイキ顔を、ダンナにがっつり拝ませてやれっ！」

「ああっ、いやっ！　ああっ、いやっ！」

「なにがいやだっ！　嘘をつくなっ！　オマンコはチンポをぎゅうぎゅう締めつけてるじゃないか？」

「いっ、言わないでええっ……」

「恥ずかしくないのかっ！　人妻のくせに、俺のチンポでそんなによがって」

「ううう……あああっ……」

知花がついに、すがるような眼を向けてきた。張りつめていた心の糸が、プツンと音をたてて切れたらしい。

「はっ、恥ずかしいですっ！」

ドMの本性も露わに、涙声で絶叫する。

「ひっ、人妻なのに、こんなによがってっ……わたしはっ……わたしは世にも恥ずかしい淫乱ですっ……」

言葉が途切れ、ぶるぶるっと身震いする。

「もっ、もうダメですっ……わたし、もうっ……」

「謝れっ！」

津久井は叫んだ。パンパンッ、パンパンッ、と音をたて、怒濤の連打を送りこみながら、鬼の形相で睨みつけた。

「動画を通じて、ダンナに謝れっ！　浮気して申し訳ありませんと、しっかり謝罪するんだっ！」

さすがに知花の顔はひきつった。迫りくるオルガスムスに神経を集中させたいのに、そんなことを言われると夫のことが脳裏をよぎる。心は千々に乱れ、顔中の筋肉がひきつりながらピクピクと痙攣する。

「謝らないならやめるぞ……」

津久井は低く声を絞った。

「謝らないってことは、ダンナを愛してるってことだからな。そんな醜態はさらせないってことだ。ダンナを傷つけられないってことだ。まあ、それも美しい夫婦愛かもしれない。勝手にすればいい……」

ストロークのピッチを落とすと、

「やめないでっ！」

　知花は叫んだ。

「あっ、謝りますっ……謝りますからっ……」

　肉欲に魂までも犯された女が、ここにいた。

「あっ、あなたっ……ごめんなさいっ！　浮気してごめんなさいっ！　いやらしい女でごめんなさいっ！　ド淫乱のド変態でっ……あああっ……」

　言葉を切り、大粒の涙をボロボロとこぼす。

「わっ、わたしはっ……わたしはあなたに相応しくない妻ですっ……忘れてくださいっ……こんなドスケベな女のことは忘れてっ……どっ、どこかの可愛いお嬢さんを、新しいお嫁さんにしてっ……ああああっ！」

　涙が言葉を遮り、嗚咽までもらしそうになる。

「よーし……」

　津久井は下腹に力をこめた。

「ならばイカせてやる……お別れの印に、すこぶる浅ましいとっておきのイキ顔を、ダンナに見せてやれ……」

　ストロークのピッチをあげた。

「はっ、はぁあううううううううーっ！」

怒濤の連打を送りこまれ、知花が獣じみた悲鳴をあげる。眉根を寄せて涙を流す表情はせつなげで、夫に対する贖罪《しょくざい》の意識がうかがえる。けれどもオルガスムスは迫ってくる。せつなげな表情が、発情しきった牝犬の表情に塗り替えられていく。ボロボロとこぼす涙の色まで、淫ら色に染まって卑猥に輝く。涙どころか、閉じることのできなくなった口から涎まで垂らしている。

「イッ、イクッ……もうイクッ……」

小さく震える声で知花が言い、

「眼を開けるんだっ！」

それを掻き消す勢いで、津久井は叫んだ。

「こっちを見て、イケ……ダンナを見て、イクんだ……」

「ああぁっ……」

知花が眼を開ける。焦点を失っている。それでも懸命に前を見ようとしているいやらしすぎる顔が、スマホの画面に映る。津久井は息を呑む。呼吸も瞬きも忘れて、ただ一心に突きあげる。電マの振動が男根にも伝わってくる。それを振り払うように、突いて突いて突きまくる。

「あっ、あなたっ……ごめんなさいっ……わっ、わたしっ、イキますっ……イッちゃいますっ……イッ、イクッ……イクイクイクイクッ……はっ、はぁおおおおおーっ！」

紅潮した顔をくしゃくしゃに歪めて、知花は絶頂に駆けあがっていった。拘束された不自由な四肢を、ビクンッ、ビクンッ、と跳ねさせて、激しいまでにイキまくった。

圧倒的な光景だった。

オルガスムスに我を失っている知花の姿が、津久井に散りゆく花を思い起こさせた。丘の上に立つ満開の一本桜が、嵐に襲われて一瞬のうちに桜吹雪となって花を落とす——そんな感じだった。途轍《とてつ》もなく淫らな行為に淫しているのに、美しくもあり、儚くもあって、津久井の胸をしたたかに打った。

第六章　熟れすぎた果実

1

「わたし、もう、監督から離れられません……」

ベッドの上で、知花が身を寄せてきた。

「いつも言ってますけど、こんなの初めて……イッた瞬間、宇宙まで飛んでいきそうになりました……」

笑いもせず、真顔でささやきかけてくる。濡れた両眼をうっとりと細め、神や仏でも見るように見つめてくる。

たしかに燃えた、と津久井も思う。

白金のオープンカフェでの待ちあわせから、満員電車の痴漢プレイを経て、ラブホテルでのエンディングまで、今回は綿密に計画を立ててきたのだが、計画以上にうまくいったと言っていい。知花の反応もすこぶるよく、自分も思っていた以上にサディスティックに振る舞えた。

だが、終わったあとは、やはり虚しい。

自分はやはり、変態性欲者にはなれないのだ、とつくづく思う。たとえ最中に燃え狂っていても、いや、燃えれば燃えるほど、事後の虚脱感がこたえるのだ。

おそらく……。

自分が求めているのは、こんなSMじみたセックスではない。セックスが激しいのはいい。だがそれは、激しい愛の発露でなければならない——内心で苦笑がもれた。いい歳をした中年男が、結局は愛なのか……。

「ねえ、監督」

知花が甘えた声でささやきかけてくる。

「監督のお仕置き、いつもとっても刺激的で、すごく興奮して、満足感も口じゃ言い表せないくらいですけど……」

言いづらそうに、眼を泳がせた。

「なんだよ？」

「たまには……次に会うときは、もっと普通に抱いてほしい……こんなこと言ったら怒られるかもしれませんけど、普通にデートして、食事とかも楽しんで、お酒を飲みながらおしゃべりするとか、そういうこともしてみたい……」

知花の声は自信なげにどんどん小さくなっていく。

「怒りましたか？」

「いや……」

津久井の口から、今度は本物の苦笑がもれた。なんだ、と思う。知花も同じことを考えていたのだ。彼女はたしかに、マゾヒスティックな性癖がある。それは間違いない。

しかし、ドMである前にひとりの人間なのだ。愛し愛されることを願う、普通の女なのだ。SMプレイが削ぎ落としてしまっている、人間らしい心の触れあいのようなものを求めていたって不思議ではない。

見つめあい、キスをした。軽いキスだが、気持ちは伝わった。自分たちはこれから深く愛しあうようになるかもしれない――そんな予感が、胸で揺れる。

「……そうだ」

なんだか照れくさくなって、話題を変えることにした。枕元からスマートフォンを取った。

「忘れないうちに、さっき撮影したものを削除しておこう。目の前で消したほうが安心するだろ?」

「ふふっ、やっぱり言葉責めだったんですね?」

「当たり前だ」

「でもわたし、本当に夫に見せられるって、覚悟しましたよ」

「そりゃそうだ。そうじゃなくっちゃ、興奮しないものな。芝居と一緒さ」

「そうじゃなくて……」

知花が気まずげに眼をそらす。

「わたしが言いたいのは……夫と別れて、この先は監督と生きていくことになるかもしれないって……そういうことで……」

津久井は言葉を返せなかった。

「ダメですか?」

眼をそむけたまま、しがみついてくる。

「わたし、夫のことはもう、本当に愛してません。ギャンブルとかそういうことだけじゃなくて、もう終わってるんです……」

津久井は深い溜息をついた。

「離婚なんて、そんなに簡単なことじゃないぞ」

「でも、もう終わってる関係に、これから一生束縛されるなんて、馬鹿馬鹿しいじゃないですか？」

その意見に異論はなかった。子供も欲していないのに、なぜ籍など入れてしまったのだろうと、津久井自身が後悔していた。籍さえ入れていなければ、芽衣子と別れることはもっと容易《たやす》かったはずだ。もちろん、籍が入っていればこそ、経済的に支えてくれたとも言えるのだが……。

「わたし、監督と一緒に住みたい……」

知花の声は切実だった。

「こう見えて、けっこう尽くすタイプなんですよ。家事だって得意だし。そういう一面も、監督に知ってほしいな……」

「家事が得意？　元女優なのに信じられないな」

津久井がからかうように言うと、

「嘘じゃないですって」

知花は怒ったように頬をふくらませた。視線が合った。お互いに吹きだし、大笑いになった。

「実はわたし、住むところのあてがあるんです。両親が最近まで住んでた品川のマンション。

父親の定年を機にふたり揃って故郷の九州に帰っちゃったから、いま空き家になってて……処分するつもりだったらしいんですけど、わたしたち夫婦がうまくいってないって話をよくしてるから、なにかあったときのためにって残してくれてて……」

渡りに船という言葉が、津久井の脳裏をよぎっていく。

早苗との共同生活は、近々解消しなければならない。それは間違いない。早ければ数日のうちに、そのときは訪れる。

昨日、芽衣子が去ってからの修羅場は、思いだしたくもなかった。早苗は完全に取り乱していた。津久井を口汚く罵ったかと思えば、泣いて詫びはじめる有様で、最終的にはクローゼットとして使用している部屋に閉じこもって出てこなくなった。はっきりしているのは、津久井ではいまの彼女を支えることができないということだけだった。

かといって、田舎に帰るという選択肢もない。芽衣子とやり直すことなんて、間違ってもあり得ない。彼女が悪いわけではない。ここまでしたたかに裏切ってしまった以上、関係修復など不可能に決まっているからである。

となると……。

住処《すみか》もなく、仕事もない状態で、しばらく生きていかなければならないのだ。金だってない。芽衣子の箪笥預金をくすねてきた残りが多少はあるが、部屋を借りたりしたらそれだけで吹っ飛んでしまう。

ならば知花の話に乗ってしまうのも、悪くない気がした。

いまのところ変態プレイを通じた関係しかないけれど、一緒に暮らせば情も芽生え、愛を育むことができるかもしれない。もちろん、そんなにうまくいかないかもしれないが、性格が合わなかったら合わなかったで、出ていけばいいだけの話なのだ。

スマートフォンが着信音を鳴らした。

枕元に置いてある、津久井のスマホではなかった。もっと遠くで鳴っている。知花のバッグの中らしい。

知花は津久井にしがみついたまま、首を横に振った。出なくてもいい、と眼顔で伝えてきた。しかし、電話はいったん切れても、またかかってきた。執拗に、何度も何度も……。

「……夫です」

知花は吐き捨てるように言った。

「ホントもう、しつこくて困っちゃう……」

「出ればいいじゃないか」

津久井は苦笑した。

「なにか緊急の用件かもしれない」

「違うと思いますけど」

怒ったように言う知花の態度は、いささかわざとらしかった。言葉責めの中で、まだダンナを愛しているのだろうと迫られたことを、根にもっているのかもしれない。そうではないことを必死にアピールしているように見える。

電話はまだ鳴りつづいている。

「こりゃあ、とるまでかけ続ける気だぞ」

「面倒くさい……」

知花は溜息をひとつつくと、体を起こした。裸身のままベッドをおり、バッグからスマートフォンを出す。

「……なに？」

電話に出た。津久井の視線を意識した顰《しか》めっ面が、みるみる青ざめていった。こちらを見る。怯えきった顔をしている。

津久井は驚いた。

知花がスマホを渡してきたからだ。

「……全部、バレてるみたいです」

「……なんだって？」

津久井は激しく動揺した。冗談を言っているようには見えなかった。震える手でスマホを受けとり、電話に出た。

「もしもし？」

「知花の夫です」

神経質そうな声で言われた。

「妻のスマホ……いまあなたが出ているそのスマホには、GPSアプリを仕込んであります。場所が特定できる。あなたはいま○○○のラブホテルにいる」

地名を言われた。間違っていなかった。

「それだけじゃない。妻のバッグには、盗聴器が仕掛けてある。わかりますね？　言っている意味が……」

津久井は言葉を返せない。

「居場所までわかっているんだから、そこに乗りこんでもいいんですがね……しかし、私はいま、怒り心頭に発している。正気を失っている自信がある。あんたの顔を見たら、なにをするかわからない……頭を冷やすために、ちょっと時間をおいてから話しあいましょう。明後日の土曜日はどうです？　いや、間男に都合を訊くのもおかしな話だな。なんとしてでも都合をつけろよ、この野郎。場所はホテルのティールームがいいな。人目があるところのほうが、キレずにすみそうだから……時間と場所は追って連絡する」

一方的に電話は切られた。

呆然としている津久井に、

「あの人、なんですって？」

知花が訊ねてくる。

「ああ……明後日の土曜日に、話しあいだと……」

「そうですか……」

知花は「ふーっ」と大きく息を吐きだしてから、まなじりを決した顔を向けてきた。なにかを言いかけたが、不意に口をつぐんだ。津久井の手を取り、バスルームに向かった。扉を閉め、シャワーを出した。体を洗うためではなかった。盗聴を妨害するためだ。

「ちょうどよかったじゃないですか」

耳元でささやかれた知花の言葉が、津久井には理解できなかった。

「人のスマホを勝手にいじったり、盗聴器を仕掛けたりされたのは腹がたちますけど、これで別れ話が切りだせる……監督とふたりで説得すれば、向こうだって折れてくれるはず……」

「いまの電話じゃ、とてもそんな雰囲気じゃなかったぜ」

津久井は力なく首を振った。

「あっちには、別れるつもりなんて毛頭ないね」

「もうバレてしまったんだもの。開き直るしかありませんよ」

「馬鹿なことを言うなよ。開き直っていいことなんかなにもない。性格の不一致で別れるのと、浮気が見つかって別れるとのとじゃ、離婚の条件がまったく違ってくるんだぜ」

「お金のことなら……多少のペナルティは致し方ないと思います」

知花の顔には覚悟ばかりが浮かんでいる。

「それよりも、夫がストーカーみたいになるほうが、ずっと怖い。ちょっとそういうところある人なんで……だからこそ、きちんとケジメをつけて、彼の中の思いを成仏させておかないと……」

「成仏だって？」

「そうです。わたしたち結婚するから身を引いてくれって一生懸命説得すれば、きっとわかってくれるはず……」

津久井は天を仰ぎたくなった。

知花がまさか、自分と結婚することまで考えていたとは、さすがに思っていなかった。

2

新宿に戻ったのは、午前零時少し前だった。

早苗は今日、店を休むと言っていた。自宅にいるかどうかは不明だが、いればまだ起きている時間だ。

帰りたくなかった。話しあわなければならないことが多々あるのは、間違いのないところだった。早苗が東京に残りたいのなら、残れるように協力してやるのが、かけおちしてきた男の責任であるとも思う。たとえ、別れることが前提であろうとも、口裏を合わせて両親の説得に協力してやることくらいはできるはずで、昨日は精神の平衡を失っていた早苗も、そろそろ落ち着きを取り戻しているかもしれない。

「……ふうっ」

魂までも体の外に出ていきそうな、深い溜息がもれる。

面倒くさかった。

考えるだけで疲れてしまう。

そもそも、そういうことから逃げだしたくて、今日は朝から家にいなかったのだ。ネットカフェの個室にこもって知花を責めたてるシナリオを練りあげ、大人のオモチャ屋で獲物を仕込んで、待ちあわせ場所に向かったのだ。人に話せば逃げだとなじられるかもしれないが、過激なプレイに身を投じていれば、その間だけは嫌なことを考えなくてすむだろうと思ったのである。

とても部屋に帰る気にはなれず、眞美の店に向かった。

看板の灯りが消えていた。定休日でもないし、まだ閉まる時間でもない。

扉を押すと、鍵はかかっていなかった。とはいえ、店内の雰囲気が違う。大型液晶テレビが真っ暗で、静かにジャズがかかっている。眞美はいつもの定位置であるカウンターの中の椅子ではなく、客用の止まり木に座っていた。目の前には琥珀色の液体の入ったグラス。ひとりで飲んでいたらしい。

「もう閉店かい？」

「まさか」

眞美が笑いかけてくる。なんだか笑顔が疲れている。

「看板が消えてるぜ」

「中の蛍光灯が切れただけ。いつも通り、朝までしっかり営業してますよ」

言いつつも、腰をあげようとしない。「どうぞ」と隣の席をすすめてくる。津久井は苦笑しながら、その席に腰をおろした。

「なんだか新鮮だな、ママと並んで座るのも」

派手な花柄のドレスがセクシーだった。体の線を露わにしており、くびれた腰からボリューミーなヒップへのラインが眼を惹く。裾丈も短く、逞《たくま》しく脂ののった太腿がチラリと見える。

「わたしも新鮮」

横眼で視線を合わせ、笑みを交わした。眞美の笑顔は、やはり疲れていた。眼つきがトロンとして、瞳に光がない。かなりの酒豪のはずなのに、酔っているのだろうか。

「でも、ここにいたら、お酒が出せないわね……ったく、仕事しろってことかあ……」

どっこいしょという風情で立ちあがると、のろのろした足取りでカウンターの中に入っていった。

「いつものでよろしい？」

「ああ」

ロックグラスに氷が入れられる。

「やっぱりダブルで」

「それもいつものじゃない」

「そうか……」

津久井は苦笑をもらした。言われてみれば、この店に来るときはいつも、一刻も早く泥酔することだけを考えている。

酒が出された。まだ氷が少しも溶けていない、生のままのスコッチを飲んだ。喉が灼け、腹の中に火がつく。

「野球中継がないと、まるで普通の店だな……」

津久井はジャズに耳を傾けた。チェット・ベイカーだろうか。トランペットが、哀愁たっぷりにバラードを歌いあげている。

「悪い意味じゃないよ。普通にくつろげる。普通に酒が旨い……野球中継ばかり流しているのは、よくも悪くもユニークな店だ」

「野球はもう、当分観ないかな」

「んっ？　これから日本シリーズなんじゃないか？」

眞美は曖昧に笑ったまま、自分のグラスに酒を注ぎ、飲んだ。

「うんざりするほど観ちまったってわけか。熱しやすく冷めやすい、そういやママは、そういうタイプかもしれんな……」

「今夜はおしゃべりなのね？」

「そうかい」

「黙ってジャズを聴きなさい、ジャズを」

津久井は苦笑した。それはそれで悪くなかった。眞美には申し訳ないけれど、野球中継の賑やかな実況を聴いているより、よほど気持ちよく酔える。

自分はどうして、気持ちよく酔うことだけを楽しみに、生きていけないのだろう？

なぜそれだけで満足できないのだろう？

難しいことではない。ありふれたバーと、廉価なウイスキーと、静かに流れるジャズがあればいい。

雪国の田舎町にだって、探せばそんな店のひとつやふたつはあったかもしれない。きっとあったはずだ。そういう店で飲むことだけを楽しみに、日々額に汗して働いている人間がたくさんいるに違いない。

どうしても、そういうふうに生きられない。

欲しいものに手を伸ばせば、トラブルが待っている。それほど悪いことをしているつもりはない。ありふれた愛に、ありふれたセックス、欲望そのものがありふれている。

なのにまわりを傷つけてしまう。怒髪天を衝く勢いで怒らせて、牙を剝かせてしまう。芽衣子にしろ、知花の夫にしろ、いまこのときもはらわたを煮えくり返し、眠れない夜を過ご

している に違いない。

だが、そんなに悪いことをしただろうか？

その怒りもまた、ありふれたものではないのだろうか？

まるで思考が行きづまった合図のように、スマートフォンがメールの着信音を鳴らした。

芽衣子からだった。

——今度の土曜日、午後一時、お宅にうかがいます。わたしと姉夫婦、それから、あなたのご両親にも声をかけました。今度こそ、しっかり話しあいましょう。早苗ちゃんと一緒に、かならず自宅にいてください。

うんざりだった。

話しあい、話しあい、話しあい……いったいなにを話しあいたいのか、津久井にはさっぱり理解できなかった。覆水盆に返らずという関係になってなお、話しあうことなどあるわけがない。

謝れということなのか。

吊るしあげてやるということなのか。

心を傷つけられた代償として、金を払えということなのか。

まっぴらごめんだった。

た。

「ねえ、ママ」

眞美に声をかけた。立ったまま眼をつぶり、ゆらゆらと体を揺らしてジャズを聴いてい

「ビールをくれないか、あと、なるべく大きなジョッキをひとつ」

「喉が渇いたの？」

「まあね」

眞美がカウンターに、栓を抜いた瓶ビールとジョッキを出してくれる。津久井はジョッキにビールを注ぐと、スマートフォンをその中に落とした。

「なにしてるの？」

眞美が啞然とした顔を向けてくる。

「最近のスマホは頑丈らしくてね。防水機能がついてなくても、真水くらいじゃ壊れてくれないらしい。まあ、ビールなら確実だろう」

津久井は笑った。すがすがしい気分が、高笑いをあげさせた。これでもう、話しあいを要求する鬱陶しい連絡は二度と来ない。我が身は自由だ。早苗も知花も、そして芽衣子も、おのおの達者に暮らしてくれ。

3

夜が暗かった。

新宿歌舞伎町から二十分ほどクルマで走った、世田谷の住宅街だ。

タクシーを降りると、津久井と眞美はお互いの体にもたれあいながらエレベーターに乗りこんだ。

眞美が七階のボタンを押す。最上階だった。高台にあるマンションだし、このあたりには高い建物もないので、朝になれば見晴らしが抜群だろう。

「片付いてないから、あんまり見ないでね」

「ああ……」

津久井はうなずいた。

たしかに生活感あふれた部屋だった。玄関を開けるといきなりリビングで、テーブルには新聞やら調味料やらが置かれている。椅子の上には、取りこんだまま畳んでいない洗濯物の山だ。

言われた通りあまり見ないようにしていると、奥の寝室に通された。女の匂いがした。女の部屋に通されるなんて、ずいぶん久しぶりな気がした。

眞美が枕元のスタンドをつける。橙《だいだい》色のほのかな灯りが、部屋を照らした。箪笥が三棹《さお》もあるのでいささか狭苦しかったが、ベッドは大きい。ダブルはゆうにありそうだ。

津久井は眞美の腰を抱き寄せた。顔と顔が、息のかかる距離に近づいた。お互いに酒くさい。だがどちらも同じボトルの酒を飲んでいた。

「シャワー浴びたほうがいいかい？」

眞美は首を横に振った。

「せめて歯は磨いたほうが……」

もう一度、首を横に振る。

津久井は唇を重ねた。お互いすぐに口を開き、舌をからめあわせるディープキスになる。ウイスキーの香りを振りまきあい、嗅ぎあいつつ、口づけを深めていく。

堕落の味がするキスだった。毒があるかわりに、とびきり甘い。舌をからめあうほどに、アルコールで痺れていた体が生気を取り戻していく。堕落の毒がカンフル剤となり、男の本能を蘇らせていくようだった。いつの間にか、痛いくらいに勃起していた。

愛を求めていたのは誰だったのだ？

胸底で苦笑がもれた。愛がないから、堕落の味なのだ。それでも、勃起してしまった以上、先に進まずにはいられない。

背中のホックをはずし、ファスナーをさげて、派手な花柄のドレスを脱がしていく。果物の薄皮を剝ぐように、ドレスをとった。黒いレースのランジェリーが、脂ののったグラマラスボディを飾っていた。

眞美が足元にしゃがみこんだ。ベルトをはずし、ズボンとブリーフを膝までおろした。勃起しきった男根が唸りをあげて反り返る。眞美は悪戯っぽく眼を丸くしながら、唇を卑猥なOの字にひろげた。根元にそっと手を添えて、亀頭をしゃぶりまわしてきた。

「むううっ……」

津久井の腰は反った。むさぼるようなフェラチオだった。しかし、乱暴ではない。唇の動かし方も舌使いもひどく丁寧で、一瞬にして虜になった。四十路を過ぎた女の実力か、あるいは長年お水の世界で凌《しの》いできた面目躍如か、若い女より、ワンランクもツーランクも上の快楽を提供してくる。

「うんんっ……ぅんんっ……」

眞美は鼻息をはずませて唇をスライドさせつつ、根元を軽くしごきたててきた。その連係がたまらなくうまい。そうしつつ、もう一方の手では玉袋をあやし、蟻の門渡《とわた》りまで指を伸ばしてくる。

双頬をべっこりへこませて痛烈に吸引してきたと思うと、軽く素早く唇をスライドさせる。緩急のつけ方も絶妙なら、ヴァリエーションも豊かで、男根が限度を超えて硬度を増していく。

津久井は奮い立った。これほど性技に長けた女なら、相手にとって不足はない。今夜はたっぷりと楽しませてもらうことにしよう。

「今度はこっちの番だ……」

口唇から男根を引き抜き、立ちあがらせた。両手をベッドにつかせて、尻を突きださせる。黒いレースに包まれた尻は、さすがに熟れていた。巨尻と呼んでも差し支えないような迫力で、濃密な色香を放っている。

脚にからまったズボンとブリーフが邪魔だったので、脱いでしまう。下半身だけ裸というのも滑稽な気がして、全裸になって眞美の後ろに陣取った。

「いい眺めだ……」

噛みしめるように言い、巨尻に両手を伸ばしていく。ざらついたレースの上から撫でまわすと、見た目以上の量感が伝わってきた。

「焦らさないで……」

眞美が巨尻を振りたててきたので、津久井は桃割れに指を這わせていった。下に行けば行くほど、ねっとりと湿っぽい熱気が、指にからみついてきた。

「んんんっ……」

ショーツ越しに柔らかな肉をいじってやると、眞美は身をよじらせた。尻は大きくても、腰は蜂のようにくびれているから、身をよじると途轍もなくいやらしいことになる。

「ああんっ！」

クリトリスの位置に命中したらしい。巨尻がブルンと揺れはずみ、逞しい太腿が震えた。

「んんんーっ！　くぅううーっ！」

たまらないようだった。ショーツ越しに割れ目をなぞり、クリトリスを刺激するほどに、身のよじり方が激しくなっていく。モテないようには見えないが、溜まっているのかもしれない。あるいは酒場の女らしく、奔放なタイプなのか。淫乱と呼びたくなるくらい、感度が最高なのか。

「あううううーっ！」

クリトリスをぐりぐりと押しつぶしてやると、甲高い悲鳴があがった。巨尻の振りたて方はまるで、早く舐めてと催促しているようでもある。

だが、普通に舐めても面白くない。こちらはフェラチオで唸らせられたのだ。少しは驚かせてやらないと、男の沽券《こけん》に関わる。

ショーツをほんの少しずりさげた。顔をのぞかせたのは、美熟女のアヌスだ。見るからに香《かぐわ》しいセピア色のすぼまりを、舐めた。尖らせた舌先で、細かい皺を伸ばしてやった。

「ああっ、いやっ！」

眞美が焦った顔で振り返る。

「いやよ、そんなところっ……くすぐったいっ……くぅううううーっ！」

アヌスを舐めながら、ショーツ越しにクリトリスを刺激してやると、振り返っていられなくなった。なるほど、肛門を舐められれば、たしかにくすぐったいかもしれない。しかし、同時にクリトリスも刺激すれば、その限りではないのだ。実際、眞美は悶えに悶えた。むんむんと立ちこめてきた獣じみた匂いが、女体の発情を生々しく伝えてきた。

津久井はアヌスから舌を離した。けれどもまだ、ショーツを脱がしてやるつもりはない。巨尻を包んでいるショーツの生地を中央に掻き寄せ、引っぱりあげた。クイッ、クイッ、とリズムをつけて、股間に食いこませてやる。

「ああっ、いやっ……あああっ……」

眞美が内股になって腰を振りたてる。なにかをこらえるように足踏みをして、滑稽なダンスを披露する。いや、ただ滑稽なだけではなく、滑稽であるがゆえにすさまじく卑猥なダンスでもある。

津久井は眼福を味わいながら、ブラジャーのホックをはずした。クイッ、クイッ、とショーツを引っぱりあげるリズムをキープしつつ、胸のふくらみに手を伸ばしていく。浮きあがったカップの中に、手のひらを侵入させる。

ヒップに負けず劣らず、乳房も豊満だった。しかし、柔らかさが全然違う。蕩けるような感触で、指が簡単に沈みこんだ。やわやわと揉みしだくと、鼻息が荒くなるのをとめられなかった。

蕩けるように柔らかい肉の中で、唯一コリコリと硬くなっている乳首をつまみあげれば、

「あううっ！」

眞美は髪を振り乱してあえいだ。スタンドの橙色の光に照らされた横顔が、淫らなまでに紅潮していく。

津久井は乳房から手を離し、ショーツを脱がしにかかった。爪先から完全に抜いてしまうと、床に膝立ちになって生身の巨尻と相対した。

両手で尻の双丘をつかみ、荒々しく揉みしだく。指を食いこませ、めちゃくちゃに歪ませても、ビクともしない。桃割れを割りひろげれば、唾液の光沢を纏ったアヌスが露わになり、その下で美熟の花が咲き誇る。

艶やかな大輪の花だった。

くすみ色もいやらしい、大ぶりの花びらがくにゃくにゃと縮れあいながら身を寄せあい、さながら巻き貝のような様相になっている。指でひろげてみたかったが、あいにく両手で尻の双丘をつかんでいる。そのまま舌を伸ばしていくしかない。

「あぁおおおっ！」

ねろり、と舐めあげると、眞美は腰を跳ねあげた。ずいぶん敏感になっているらしい。ねろり、ねろり、と唾液をなすりつけるように舌を這わせていく。次第に巻き貝のような形が崩れてくる。ほつれるように割れ目が出現し、薄桃色の粘膜が見える。花びらを口に含んでしゃぶってやる。大ぶりかつ肉厚なので、しゃぶり甲斐がある。

「あおおおおっ……あおおおおおーっ！」

眞美の声は早くも獣じみてきているが、まだイントロも終わっていない。左右の花びらをじっくりと舐めしゃぶり、口を開かせると、指を挿入した。薔薇の蕾のように薄桃色の肉ひだが渦を巻いている中に、ずっぽりと……。

沈めた中指で肉ひだを掻き混ぜ、Gスポットをえぐりつつ、空いた左手でクリトリスをいじりはじめる。舌が余っている。もちろん、アヌスを舐めまわし、女の急所三点責めを完成させる。

「はっ、はぁあああああーっ！」

甲高い悲鳴が、寝室中に響き渡った。

津久井は焦らなかった。蜜壺の中で鉤状に折り曲げた指を、Ｇスポットに引っかけながらゆっくりと出し入れし、左手ではねちっこく敏感な肉芽をいじりまわす。尻の穴を舐める勢いも、それほど激しくしない。むしろ、小さく細かく、一定のピッチを守って刺激してやる。真綿で首を絞めるようなイメージで、眞美を追いこんでいく。

「あぁっ、いやっ……あああああっ……いやああああああーっ！」

性感帯の熟れきったアラフォーには、そちらのほうが効くのだ。無理して強い刺激を送りこむより、ずっと……。

「イッ、イクッ……イッちゃうっ……イッちゃうううっ……」

次の瞬間、ブルンと巨尻を振りたてられ、津久井は跳ね飛ばされた。信じられなかった。アヌスやクリトリスはともかく、蜜壺に指まで入れていたのに、それさえ抜く勢いで巨尻が振られたのだ。

「あああっ……あああっ……」

尻餅をついた津久井の目の前で、眞美の両脚がガクガクと震えていた。もちろん、巨尻も太腿も、下半身全体をいやらしいくらいに痙攣させて、淫らなまでに身をよじっていた。

4

再び攻守交代である。

ベッドの上であお向けになった津久井の上に、眞美が四つん這いに覆い被さってきた。至近距離で視線が合う。恨みがましい眼つきで見つめてくる。

「いきなりイカせるなんて意地悪ね、どうにかなっちゃうかと思った」

津久井は苦笑した。その唇に、唇が重ねられる。

オーラルセックスを経たキスだ。

堕落の味わいはより濃厚になり、舌と舌とのからまり方が熱を帯びる。吐息をぶつけあい、唾液を啜りあう。堕ちていく実感がたしかにある。欲望によって堕ちていき、欲望によってかろうじて生きている実感が……。

「……ああっ」

眞美がキスをとき、髪を掻きあげる。乳首を舐めてくる。米粒大の突起を舌先で丁寧に転がして、甘噛みまでしてくる。左右《せ》ともたっぷりと口で愛撫してから、後退っていった。呼吸が高まっているのは、結合を急いているからだろう。

一度イカされたくせに、貪欲な女だった。津久井の腰の上で片膝を立て、勃起しきった男根に手を添えた。

「あああっ……」

割れ目と亀頭がヌルリとこすれあうと、眉根を寄せて身震いした。

「すごい硬くなってるっ……パンパンにふくらんでるっ……」

淫らに上ずった声で言い、根元を指でなぞりたてる。そうしつつ、腰を落としてくる。したたるほどに蜜を漏らした女の割れ目に、亀頭をずぶりと咥えこんでいく。

津久井は息を呑み、眼を見開いた。

立ったまま尻を突きださせた格好も扇情的だったが、下から正面を見上げる景色もたまらない。片膝を立てているのが、なんともそそる。上品なのか下品なのかよくわからないが、熟女の気位の高さが伝わってくるようだ。

「んんっ……んんんっ……あああっ！」

眞美が最後まで腰を落としきる。勃起しきった男根を根元まで咥えこむと、驚いたことに、倒していたほうの膝も立てた。両脚をM字に開ききり、今度こそ浅ましいまでに下品なポーズを披露した。

眞美の股間は手入れが行き届いていていて、性器やアヌスのまわりはもちろん、恥丘の上にもほとんど繊毛が残っていない。短く刈りこまれたそれが、幅が五ミリ、長さ五センチほど残されているだけだった。ほとんどパイパンに近いのだが、ひと筆書きのように残された細い縦長の黒線が、濃厚な色香を振りまく魅惑のアクセサリーになっているのも、また事実だった。

津久井の視線は釘づけとなり、しばらくの間、呼吸も瞬きも忘れて見つめてしまった。

「ああっ……あああっ……」

眞美が腰を使いはじめる。股間を上下に動かし、男根をしゃぶりあげてくる。パイパンに近い状態なので、津久井から抜き差しの様子がよく見える。おのが男根が蜜の光沢を纏い、割れ目から出たり入ったりするところが……。

わざとやっているようだった。眞美はあきらかに、津久井の視線を意識していた。ゆっくりと抜いて、ゆっくりと咥えこんでいるのに、過剰なまでによがっている。息を呑みつづけたかと思えばハアハアとはずませ、裏側をすべて見せている太腿を震わせる。

視線で感じているのだ。手入れの行き届いた秘所を見せつけ、興奮しきっているのである。

「たまらないよ……」

津久井はギラついた眼で眞美を見上げながら、両手を伸ばして双乳をすくいあげた。蕩けるように柔らかい肉に指を食いこませ、乳首をつまんだ。

「あううっ……」

眞美が肩をすくめる。乳首をいじられる刺激に身をよじりながら、股間をもちあげては落とし、落としてはもちあげる。粘りつくような音がたち、ピッチが次第にあがっていく。

「あああっ！」

いよいよ両膝をたてているのがつらくなってきたらしい。前に倒してこようとしたが、それより一瞬早く、津久井の両手が双乳から両膝に移動した。そう簡単に、この眼福を手放すわけにはいかなかった。

眞美の両脚をぐいぐいとM字に割りひろげながら、自分も両膝を立てた。もちろん、下から責めるためだ。ずんずんと突きあげてやると、

「くううっ！　いいいっ……」

眉根を寄せたいやらしい表情で、眞美はあえいだ。

「おっ、奥まで届いてるっ……当たってるっ……オチンチンが子宮にあたってるうううーっ！」

ずんずんっ、ずんずんっ、と突きあげていくほどに、眞美は手放しで乱れはじめた。豊満な双乳をタプン、タプンと揺らしては、ひいひいと喉を絞ってよがり泣く。直線的に突きあげている男根の抜き差しを、巨尻を横に振って迎え撃つ。肉と肉との摩擦感が複雑化し、快

感が倍増していく。ずちゅっ、ぐちゅっ、という肉ずれ音が、どこまでも粘っこくベッドの上に撒き散らされる。

たまらなかった。

「ああっ、いいっ！　すごいいいいいーっ！」

短く叫んでは呼吸を切迫させていく眞美の顔はすでに真っ赤で、筋を浮かべた首や胸元に汗をかいている。その匂いが嗅ぎたくて、津久井は上体を起こした。対面座位に体位を変えた。眞美を抱きしめると、発情の汗の甘ったるい匂いが鼻腔いっぱいにひろがったが、その体位では自分が動きづらい。

時を置かずに正常位に移行した。

自分は上体を起こしたまま、あお向けになった眞美を見下ろした。再び両膝をつかみ、両脚をぐいぐい割りひろげながら、自由になった腰で速射砲を撃ちこんだ。鋼鉄のように硬くなった男根をしたたかに抜き差しして、奥の奥まで貫いていった。

「はっ、はぁうううううーっ！」

眞美が白い喉を突きだしてのけぞる。背中を弓なりに反らせ、宙に浮いた足指をぎゅっと丸める。全身をこわばらせて、呼吸をすることすら忘れている。津久井が怒濤の連打を放つほどに、眉根を寄せた顔が火を噴きそうなほど真っ赤に染まっていく。

「……イッ、イクッ！」

ビクンッ、ビクンッ、と腰が跳ねあがり、グラマラスなボディが猥りがわしく痙攣を始めた。

「はぁあああーっ！　はぁあああーっ！」

津久井は絶叫している眞美に上体を被せ、きつく抱きしめた。ピストン運動をいったん小休止させ、オルガスムスを嚙みしめさせてやった。我ながらサービスがいい。眞美が汗ばんだ体をよじらせながら、必死になってしがみついてくる。

「……ずいぶんイキやすいんだな？」

痙攣がおさまってくると、顔をのぞきこんでささやいた。眞美が恥ずかしげに顔をそむける。なにか言いたそうに口をパクパクさせているが、言葉は出てこない。はずむ呼吸が遮っている。

津久井は再び、腰を使いはじめた。

「あうううーっ！」

軽くグラインドさせただけで、眞美は飛びあがりそうになった。イッたばかりで、蜜壺が敏感になっているらしい。津久井はかまわずピストン運動を送りこんでいく。まずはゆっくりと思っていたのに、みるみるピッチが高まっていき、女体を浮きあがらせる勢いで突きあげてしまう。

「あううーっ！　あううううーっ！」

津久井の腕の中で、眞美が必死に身をよじる。お互いの体が、瞬く間に汗にまみれていく。肉づきのいいスタイルだけに、汗まみれになると抱き心地が増す。全身を使って情熱的にまぐわう。津久井はいま、男根だけではなく、体中の至るところが性感帯になっているのを感じている。

「ああっ、いやっ……おかしくなるっ……こんなのおかしくなっちゃうっ……」

眞美もまた、同じことを感じているようだった。汗でヌルヌルになった素肌をこすりあわせては、喜悦の涙の浮かんだ眼で見つめてくる。もはや先ほどの絶頂など忘れたとばかりに、下から腰を使ってくる。あふれた蜜は津久井の内腿や玉袋の裏まで及び、おそらくシーツに大きなシミをつくっていることだろう。

燃えている。

燃え盛っている。

一対の男女が紅蓮の炎のごとく肉欲を燃え盛らせて、お互いの体をむさぼりあう。

「むううっ……」

津久井は汗まみれの顔を歪めた。

「そっ、そろそろっ……そろそろ出そうだっ……」

「あぁっ、出してっ！」

眞美が涙眼で見つめてくる。

「中で出してっ……大丈夫だから、中でっ……」

津久井はうなずいた。ありがたい。身の底から歓喜がこみあげてくる。このまま放出できると思うと、新たな興奮がわきおこる。男根が限界を超えて硬くみなぎり、長く伸びていくような錯覚さえ起こる。

「だっ、出すぞっ……中で出すぞっ……」

フィニッシュの連打を開始した。

「はぁあああーっ！　はぁあああああーっ！」

怒濤の連打に翻弄されながらも、眞美は瞼を閉じようとしない。眉根を寄せた淫らな顔で見つめてくる。津久井も見つめ返す。視線と視線をからめあわせながら、ストロークをカウントダウンしていく。

「おおおっ……うおおおおおおーっ！」

雄叫びをあげて、最後の一打を深々と打ちこんだ。爆発が起こった。比喩ではなく、下半身が吹っ飛んだような気がした。

「はっ、はぁあおおおおおーっ！」

したたかにのけぞった眞美の中に、煮えたぎる欲望のエキスを噴射させる。ドクンッ、ドクンッ、と灼熱が男根の芯を駆けくだっていくたびに、痺れるような快感が五体を打ちのめした。身をよじらずにはいられない衝撃が過ぎ去ると、気が遠くなるような恍惚感が訪れる。それが畳みかけるような勢いで、交互に襲いかかってくる。

「はぁあああーっ　はぁあああああーっ！」

眞美も津久井に負けないような勢いで身をよじり、体中を痙攣させている。動きをとめた男根を通じて、それが伝わってくる。言葉はなかったが、最後の一打を打ちこんだとき、彼女もイッたらしい。

会心の射精だった。

いつまでも身をよじりあっている、余韻の味さえたまらなく甘美だった。

もう死んでもいい、と思った。

このまま息絶えてしまえるなら、喩えようのない多幸感を抱いて、人生の円環を閉じることができる……。

そんなことを思いながら、津久井は意識を失っていった。

睡眠もまた、ひとつの死のようなものだった。なにも考えずこのまま眠りにつけるなら、それはそれで悪くない感じがした。

5

望まずとも朝はやってくる。

睡眠欲を充分に満たせば、眼が覚めてしまうのが人間だ。熊のように冬眠できればどれだけいいだろうと思っても、眼が覚めれば起きなければならない。まだ気持ちよさそうに寝息をたてている眞美を起こさないように注意しながら、津久井はベッドから這いだした。脱ぎ散らかした服を集めてリビングに出ると、まぶしさに立ちくらみがした。眼をつぶることを何度か繰り返した。さらにこめかみを指でマッサージして、なんとか明るさに眼を慣らした。

壁にかかった時計は、正午を指していた。ベランダに続くガラス戸を開けた。風が冷たかったが、予想通り見晴らしがよかった。あたりには高い建物がほとんどなく、一戸建て住宅ばかりが並んだ閑静な住宅街だった。陽だまりで猫が昼寝するのに、ぴったりな街並みである。

腹が鳴った。

そういえば、昨日は午後にネットカフェでカップ焼きそばを食べて以来、なにも食べていない。性欲が高まると食欲が抑制されるのか、食事もせずにセックスばかりしていた。ＳＭじみたプレイで知花を責め、浴びるように酒を飲んで、眞美を抱いた。

しかし、何事にも限度というものがある。先ほどの立ちくらみの原因は空腹にもありそうだった。

非礼を承知でキッチンの棚を開けたり、冷蔵庫の中をのぞいたりした。食材は揃っているので、まともな食事にありつけそうだった。

とはいえ、眞美はまだ夢の中だ。

起こすのは申し訳ないので、自分でつくることにした。まずは炊飯器に米をセットし、炊いている間にシャワーを浴びた。気分はすっきりしたが、空腹感はますます強まり、がっつり肉が食べたくなった。

幸い、冷蔵庫に豚肉があった。タマネギもショウガもあったので、ショウガ焼きをつくることにする。

ショウガ汁に豚肉を漬けこみつつ、湯を沸かしてカツオ節から味噌汁の出汁をとる。だんだん本格的になってきた。味噌汁の具は豆腐とわかめ。肉と一緒に炒めるタマネギを切り、付け合わせのキャベツも刻む。

眞美も空腹で眼を覚ますに違いない。

ベッドから出てきて、テーブルに立派な食事が用意されていれば、眼を丸くして喜んでくれるだろう。

津久井には、いささか下心があった。

もちろん腹も減っていたが、料理ができることをアピールしてやろうと思っていた。男と一緒に住むことが、面倒ばかりでないことを知ってほしかった。

なにしろ津久井には帰るところがない。

ゆうべはお互いに酔っていたし、セックスに至った経緯はゆきずりじみていたけれど、こうなった以上、ここに転がりこませてもらいたい。

眞美はいい女だった。

思ったより、ずっと抱き心地がよかった。

二十歳の早苗に、三十三歳の知花、眞美は四十を超えている。だが、こちらだって、もう四十路なのだ。無理して若い女と付き合うより、同世代のほうが体に馴染むのかもしれない。

ゆうべのことを思いだすと、頬が緩んでしまう。

眞美はまさしく獣だった。呆れるほど貪欲なのに、ナチュラルによくイクから、抱いていて刺激的だし、事後の満足度も高い。

セックスだけではない。

心の交流だって、同世代のほうが容易いだろう。

『若い女の子は平気で人を傷つけるでしょ？　自分が傷ついたことがないから、やさしさがないのよ……』

かつて眞美が言っていた台詞だ。言われたときより、いまのほうが心に響く。これからは、そういうことを理解している女と付き合いたい。眞美となら、いたわりあい、支えあいながら、生きていける気がする。

食事の準備が整った。

眞美を起こしにいこうとすると、呼び鈴が鳴った。普通の鳴り方ではなかった。ひどく乱暴で、続けざまにドンドンドンドンと扉が叩かれた。

ここは他人の家だった。勝手に出るわけにはいかない。しかし、扉の叩き方が尋常ではない。このままでは近所迷惑だ。

しかたなく、扉を開けた。

開けるべきではなかったと、すぐに後悔した。一見してその筋の人間だとわかる、人相の悪い男たちが三人、険しい眼つきで立っていたからだ。

「なんだテメエは？」

気圧《けお》されてしまって、津久井は言葉を返せなかった。

「眞美はどうした？　いるんだろ？　あがらせてもらうよ」

男たちが勝手に靴を脱ぎ、家の中に入ってくる。

「ちょ、ちょっと、待ってくれ。なんなんだ、あんたたちは……」

津久井はパニックに陥りそうになった。

「金貸しだよ」

男のひとりが吐き捨てるように言い、

「おいっ、眞美っ！　いるんだろっ！」

ボスらしき男が寝室に向かって怒声を放った。

「ちょっと待って……」

扉越しに、眞美の震える声が返ってくる。

「いま服を着るから、ちょっと……」

「ったく、優雅に飯なんか食ってる場合じゃねえだろ」

テーブルに並んだショウガ焼きに、男たちは唾でも吐きかけそうだった。

「じ、事情を説明してもらえませんか？」

津久井はボスとおぼしき男に訊ねた。

「事情？　金貸しがこうやってわざわざ足を運んでるんだよ。貸した金を回収しにきたに決まってるじゃねえか」

金貸しは金貸しでも、どう見てもまともな業者ではない。法定金利をきっぱりと無視し、十日で一割の暴利をむさぼるような闇金屋に違いない。

「野球賭博だよ」

呆然としている津久井に、ボスらしき男が言った。

「知ってるだろ？　あの女の野球賭博狂いは。今シーズンは散々に負けが込んでて、最後に一発、大勝負に出た。うちも商売だ。ツキに見放されてるババアにだって、頼まれれば金を貸す。まあ、知らない仲でもなかったしな。眞美は意外と、追いこまれると強いんだ。あんがい勝つような気がしてが、今度ばかりはダメだった。となると、貸したもんをさっさと回収させてもらわねえとな」

津久井は息を呑んだ。

「いっ、いったい、いくらなんですか？」

「一本だ」

ボスが涼しい顔で答える。

「……百万？」

「ふざけんな。桁が違う。利息込みで一千万だよ」

津久井は腰から力が抜けそうになった。いつの間にか、眞美がすぐ横に立っていた。いまにも泣きだしそうな顔で、腕をつかんで揺さぶってきた。

「助けて……」

津久井は絶句して立ち尽くすばかりだった。眞美は、この男は恋人なのだと、必死になって闇金屋に訴えはじめた。津久井は抵抗もできないままに、身体検査をされ、免許証を奪われた。どうやら、骨までしゃぶりつくされることになりそうだった。

この作品は書き下ろしです。原稿枚数342枚（400字詰め）。

GENTOSHA OUTLAW BUNKO

劣情《れつじょう》

草《くさ》凪《なぎ》優《ゆう》

平成28年12月10日　初版発行

発行人――石原正康
編集人――袖山満一子
発行所――株式会社幻冬舎
〒151-0051東京都渋谷区千駄ヶ谷4-9-7
電話　03(5411)6222(営業)
　　　03(5411)6211(編集)
振替00120-8-767643
印刷・製本―中央精版印刷株式会社
装丁者――高橋雅之

幻冬舎アウトロー文庫

ISBN978-4-344-42562-0　C0193　O-83-8

幻冬舎ホームページアドレス　http://www.gentosha.co.jp/
この本に関するご意見・ご感想をメールでお寄せいただく場合は、
comment@gentosha.co.jpまで。